目白台サイドキック

女神の手は白い

太田忠司

角川文庫 17967

目白台サイドキック

女神の手は白い

MEJIRODAI SIDEKICK

prologue

「唐突だけどさ」

彼は言った。

「彼女を殺したの、あんたでしょ」

男は彼の言葉にも動じた素振りを見せなかった。自慢の口髭《くちひげ》を軽く撫《な》で、そしてこれも自慢のJ&Tウィンドミルズ《腕時計》をちらりと見てから、言葉を返した。

「何を言ってるんですか。私には理解できないのですが」

「そう？　簡単な日本語で言ったつもりなんだけど。なんなら英語で言ってあげようか。ゆー・きるど・はー・でぃどんと・ゆー？」

「あなたは私を馬鹿にしているのですか」

「とんでもない。真剣だよ。真剣にあんたを告発してるんだ」

彼はいつもどおりのくだけた口調で話している。革張りのソファにだらしなく座り、火のついていないセブンスターをくわえ、朝起きたときから櫛《くし》を入れていないと思われる髪を掻《か》き上げながら、視線だけは相手から逸《そ》らさない。

その視線を、男も正面から受け止めた。

「なるほど。あなたが真剣だというのなら、私も本気になりましょう。これだけ大勢の前で婚約者の殺害犯だと言われた以上、看過することはできませんからね」

男は落ち着いた様子で胸ポケットからシガローネ《煙草》の箱を取り出し、一本くわえた。

「あ、ここ煙草ＯＫなの？」

「かまいませんよ」

「なあんだ。だったら早く言ってよ」

彼も先程からくわえたままの煙草に火をつける。

「で、私を殺人者だと告発する根拠についてお聞かせいただけますか。まずはＨＯＷ――どうやって、から。どうやって私が彼女を殺すことができたのか説明してください。確認のためにおさらいしておきますが、遺体が発見されたときこの部屋は完全な密室状態でした。窓もドアも内側から鍵《かぎ》がかけられ、ドアの鍵は本人が持っていた。鍵はイスラエル製の精巧なもので、彼女が持っていたひとつきりしかない。合鍵を作るのが不可能であることは警察の調べからも明らかです。ではどうやって犯人は部屋に侵入し、彼女を殺害することができたのか。あなたはそれを説明することができますか」

「別に難しいことじゃないよ」

彼は立ち上る煙に眼を細めながら、

「たしかに彼女のポケットから鍵は発見された。でもさ、それがこの部屋のドアの鍵だと確認された？　俺が知る限り、そのようなことはされてないはずだよ」

「……つまり、鍵は偽物だと？」

「同じ会社が作った別の鍵をポケットに入れておいたのさ。そして犯人は本当の鍵を使って犯行後堂々と部屋から出て行ったわけ」

「なるほど、大胆な想像だ。では確認してみますか。証拠物件として押収されている鍵を使ってみて偽物かどうか確かめてみるといい。至急手配をしましょう」

「そんな手間はかけなくていいよ。ここにあるから」

彼は自分のポケットからポリ袋に入れられた鍵を取り出して見せた。

「えっと、指紋は付けちゃいかんのか。面倒だな」

鍵の先端でポリ袋を破り、つまみのところを袋越しにつまんでドアの鍵穴に差し込んだ。手首を捻《ひね》ると、カチリ、と音を立てて鍵が掛かった。

「どうやら、鍵と錠は一致したようですね。あなたの推理は外れたわけだ」

「いいや、これで俺の推理の正しさが証明されたんだよ」

彼はくわえた煙草を床に落とすと、靴で踏みつけた。

「他人の部屋でそういう振る舞いをするのは、感心しませんね」

「ああ、悪かったね。灰皿がないものだから。あんたはその灰、どうするの？」

答える代わりに男は携帯灰皿を取り出し、長く伸びた灰を落とした。

「用意周到だね。それがあんたのやりかたらしい」

「あなたの推理が証明されたというのは、どういうことですか」

「ああ、それね。とても単純なことだよ。おい、君」

声をかけられたのは、ふたりの対話を聞いている観衆の中のひとりだった。

「君、ここで彼女の遺体が発見されたときに最初にやってきた連中のひとりだよね？」

「は、はい、鑑識として現場に駆けつけました」

「遺体のポケットから鍵を見つけたのも、君だっけ？」

「そうです」

「そのときに、じつはちょっとした失敗をしたそうだね？」

「え？　えっと、それは……」

「怒りゃしないから言いなよ。何をしたんだっけ？」

「……はあ、じつは……被害者のポケットから鍵を発見して取り出そうとしたんですが、そのときにうっかり手が滑ってしまいまして……」

「滑って、どうした？」

「その……床に落としてしまいました」

「そのとき、床はどうなってた？」

「はい、血溜《だ》まりができていました」

「その中に落としちゃったんだ」

「そうです……すみません。今まで報告していませんでした」

「いいんだよ。怪我の功名ってやつだからさ」

そう言うと彼は、再び男に向き直り、鍵を目の高さに上げてみせた。

「俺の言いたいこと、わかったかな？」

男は、何も言わない。

「察したね。そのとおりだよ。現場で発見された鍵は血溜まりに落とされた。当然のことだけど鍵には血液が付着したはずなんだ。でさ、この鍵を科捜研で徹底的に調べてもらったんだけど、血液についてはまったく存在が認められなかった、とさ」

男は無言で二本目の煙草に火をつける。

「結論。この鍵は現場で発見されたものじゃない。途中ですり替えられたんだ。それができるのは押収された後の証拠物件に近づける者だけ。そうだよね、菅沼《すがぬま》さん？」

彼の指摘に男――菅沼刑事は、かすかに口許《くちもと》を歪《ゆが》めた。

「たしかに、あなたの言うとおりでしょう。しかし鍵をすり替えたのが私だとは断言できないのでは？」

「そういうの、往生際が悪いって言うんだよ。あんたが証拠品の確認と称して鍵の確認にやってきたことは、係の人間がちゃんと記憶してるんだから。もう認めちまいなよ。あんたが彼女を殺したんでしょ」

「それで……それで私を追い詰めたつもりですか」

菅沼は低い声で言った。

「あなたには、何もわかっていない」

「そうだね。WHOとHOW、あんたがどうやって彼女を殺したかってこと以外、俺には何もわかってない」

彼は頷《うなず》いた。

「だから教えてもらいたいんだ。WHY、どうして婚約者を殺したのか。そしてWHY、どうして……彼女の手首を切り落としたのか」

その問いかけに、菅沼は歪んだ笑みで応じた。

「あなたには、何もわかっていない」

菅沼が連行された後、彼は部屋にひとり残った。彼女の血痕《けっこん》が残る床に佇《たたず》み、しばらくの間動かなかった。

やがてポケットに手を入れる。取り出したのは一枚の写真だった。

写っているのは女の顔だった。眼を閉じ、口をかすかに開いている。彼が立つ同じ床の上に横たわっていた。彼女は、死んでいた。

「……紗緒《さおり》さん……」

呟《つぶや》きと共に、彼は眼を閉じた。

1

東京の五色不動のひとつ、目白不動といえば今では豊島《としま》区高田の金乗院《こんじょういん》のことであるが、その名の由来となった目白不動尊は元々文京区関口にあった新長谷寺《しんちょうこくじ》に祀《まつ》られていたものだった。太平洋戦争時の戦災で新長谷寺が廃寺となり、不動尊が現在の場所に移されたのだ。

関口を含む一帯の台地が目白台と命名され、それが現在の地名にも繋《つな》がっているにもかかわらず、その地に名前の起源となったものが存在していないのは、そんな理由からだった。目白台はアイデンティティを失った街なのだ。

しかし今、目白台に足を踏み入れた無藤《むとう》太郎二十五歳には、そんな歴史的事実など知る由もなかった。東京は東京でも府中市出身で、今まで目白台には近づいたこともなかった。地理にも滅法疎く、地下鉄護国寺駅がどのあたりにあり、目白台とどのような位置関係にあるかも知らなかったのだ。頼みの綱はスマートフォンのマップ機能のみ。それで自分と目的地の位置を確認しながら歩いていた。

八月下旬、日中はまだ暑いものの蝉の声に往時の賑々《にぎにぎ》しさはなく、雲の形にもどこか秋の気配を感じる午後だった。それでも暑がりの無藤はタオルで吹き出る汗を拭《ぬぐ》いながら坂道を上がっていた。

目白台、というだけあって起伏の激しい土地だった。革靴の底が焼けたアスファルトの道にくっきりと跡を残しそうな、そんな足取りで目的地に向かう。俯《うつむ》けば自分の影が黒く染みを作っていた。

大塚署の前を過ぎ、さらにしばらく歩いたところでようやく目当てのものが見えてきた。大谷石で造られた長い石塀だ。塀の上には葉を繁らせた木が伸びていて、塀の向こうを窺《うかが》うことはできなかった。

出入り口を探して塀沿いに巡る。しばらく歩いて見つかったのは、かなり立派な門扉だった。ロートアイアンというのだろうか、鉄製で優美な曲線を描いている。高さは二メートル以上はある。到底乗り越えることは不可能だったし、そのつもりもない。無藤は堅実に門の脇にあるインターフォン——これもまた鉄製の大仰なもの——を押した。

待つことしばし。

——はい。

女性の声が応じた。

「あの、無藤と申します。南塚《みなみづか》さんにお会いしたいのですが」

——失礼ですが、どちらのムトウ様ですか。

いささか突慳貪《つっけんどん》な応答だ。

「その、警視庁の無藤です」

思わず小声になる。どうして自分の身分を明かすのにいつも遠慮してしまうのか、彼にはわからなかった。

――警視庁のムトウ様ですね。お待ちください。

それきりインターフォンは沈黙する。言われたまま無藤は待った。

二分、三分、何の音沙汰《おとさた》もない。その間も陽差しは照りつけ、汗は流れる。

「……いい加減にして欲しいなあ」

無藤は呟いていた。出掛けに上司の亀岡《かめおか》管理官から言われたことを思い出す。

――あいつに会うなら、捜査令状くらい要るかもしれないな。

まさか、と笑って聞き流したが、案外本当だったかもしれない。そんなことを思いながら待っていると、ようやく誰かが近づいてくる足音が聞こえた。

門の向こうには糸杉に挟まれた煉瓦《れんが》の道が大きく湾曲して続いている。そちらからやってきたのは若い女性だった。カフェオレ色のエプロンドレスを着て同系色のスカーフを頭に着けている。身長は百五十センチ程度だろうか。細面で整った顔立ちをしている。ただそのいささか古風な服装と黒縁の眼鏡が彼女を少々堅苦しく見せていた。

女性は門を挟んで立ち、無藤をしっかと見据えた。

「南塚様にどのような御用でしょうか」

「それは、本人に直接話したいんですが」

「南塚様はわたくしが用件を伺うようにと仰《おつしや》いました。もしも仕事の話なら、会う気はないと。友人としての来訪なら、喜んでお会いするとのことでした」

友人、という言葉に無藤は戸惑う。彼と自分とは友人と呼べる関係だろうか。どう考えても違うような気がする。しかしここで本心を口にしたら、彼には会えない。苦慮の末、無藤は答えた。

「……友人として、会いに来ました」

「承知しました」

女性は一礼し、門を開けた。

「こちらへどうぞ」

彼女に従い、邸内に入る。

煉瓦道に沿って歩いていくと目の前に英国式に整えられた庭と、その向こうに建つ白亜の建造物が見えてきた。

「……これは……」

無藤は思わず立ち止まる。隅々まで剪定《せんてい》された庭を前景として、そして入道雲の浮かぶ青空を背景として佇む建物は、彼に畏怖《いふ》の気持ちを抱かせるほどの威容を見せていた。壁面は白い石か煉瓦を積み上げて造られている。アーチ状の窓枠と円柱で構成された前面は、ヨーロッパの古い邸宅か博物館のような印象を与えていた。

「立派な館ですねえ」

思わず口にすると、

「一九〇六年にイギリス人建築家ジョナサン・ウォーカーによって設計建造された煉瓦造りのお屋敷です」

女性が応じた。

「ベランダ部の支柱はイオニア式ですが窓枠部分の装飾にはバロック形式の意匠が施されています。言ってみればバロックから新古典主義に移行しようとする建築の歴史的変遷が、ここに色濃く残されているというわけです。またこれからご覧いただくとおわかりかと思いますが、内装にはイスラム様式を採用しています。これはウォーカーが日本に洋式建築を持ち込む際、ヨーロッパにとって最も身近な東洋であるイスラムの様式を取り入れることによって、東西の融合を成し得ることができると考えたからだと思われます。結果としてこのお屋敷は当時の日本にヨーロッパとイスラムというふたつの異文化をもたらすことになりました」

「はあ……」

それはまさに「講義」だった。無藤はおとなしく彼女のレクチュアを受けるしかなかった。

庭には夏の薔薇《ばら》が咲き競っていた。どれも丁寧に手を加えられていることがわかる。他の樹木も手入れが行き届いているようだった。

「お庭も立派ですね」

庭についても講義を受けることを予想しながらそう言うと、

「お庭についてはプロに任せておりますので」

と素っ気ない返事が来た。

いささか拍子抜けした無藤は、次の言葉を探した。

「あの……南塚さんってすごいですね。こんな館に住んでるなんて。やっぱり旧華族か何かなんですか」

今まで南塚の素性など何も知らなかった無藤だった。そういう素朴な質問が口をついて出たのも、致し方のないことかもしれない。

しかし女性の反応は違った。歩みを止め、ゆっくりと彼に向き直る。その表情には、かすかな侮蔑《ぶべつ》が滲《にじ》んでいた。

「南塚様は、このお屋敷の主《あるじ》ではありません。単なるショッカクです」

「ショッカク……」

その言葉の意味を受け取り損ねているうちに、女性はさっさと歩きだした。慌てて後をついていく。

庭を通って玄関に着いた。木製のドアは大きく重々しい。それを女性はゆっくりと開けた。

「こちらへどうぞ」

ドアをくぐると玄関ホール。十畳以上はありそうだった。少なくとも無藤が生活している警視庁の独身寮よりは広い。天井から壮麗なシャンデリアが吊《つ》り下げられ、床は磨き上げられた石造りだ。

ホールの左側に二十畳ほどもありそうな部屋がある。そこに通された。

「しばらくお待ちください。南塚様をお呼びいたします」

そう言うと女性は一礼して、部屋を出て行こうとする。

「あの」

思わず呼び止めた。女性が振り返る。

「あの……さっきの、ショッカクって……何ですか」

「食客です。食事の食に乗客の客」

それでもピンときた顔をしなかったので、女性はあらためて言った。

「つまり、居候《いそうろう》です」

「居候……」

さすがに今度は意味がわかった。しかし南塚が居候というのは、どういう意味なのか。重ねて尋ねようとしたが、女性の姿はすでになかった。

無藤は自分のいる部屋を見回した。どうやらここは応接室らしい。白い天井にも大理石らしい床にも幾何学的なデザインが施されている。これがイスラム様式というものだろうか。中央に置かれた八角形のテーブルにも幾何学的な模様があった。椅子は木製で、背もたれと座面に黒い革が張られている。無藤はその椅子に腰を下ろした。

大きな窓からは先程通ってきた庭園が見渡せた。客が楽しめるよう、ここから見ると庭の様々な樹木が一望できるようになっている。

眺めていると、自分がどこか異国にいるような錯覚を覚えた。

こんな立派な屋敷に南塚は住んでいるのか。いや、あの女性が彼は居候だと言っていた。だとすると本当の主は他にいるということか。なぜ南塚はここに住まわせてもらっているのか。もしかしたら空いている部屋を貸しているのかもしれない。いや、居候というのは金を払わずに家に居つく者のことだったはずだ。だとしたら南塚は金も払わずにこんな素敵な館のこんな素敵な景色を楽しんでいるということか。

「……いいなあ」

無藤は思わず本心を洩《も》らす。

「何がいいんだ？」

突然声をかけられ、椅子から飛び上がった。

慌てて振り返ると、入り口に男がひとり立っていた。

二十歳前後だろうか。たぶん身長は百七十センチ以上はあるだろう。細面で鋭角的な顔立ちをしている。銀縁眼鏡の奥の瞳《ひとみ》には人を見透かすような強さがあった。耳が隠れる程度に髪を伸ばし、この暑い中ワイン色のジャケットを身につけている。

「あ……す、すみません」

咄嗟《とっさ》に無藤は謝った。

「なぜ謝る？　何か謝らなければならないようなことをしたのか」

「いや、そうじゃなくて……」

「そうじゃないのなら、なぜ？　理由は？」

男はさらに追及してくる。無藤は言葉に困った。

「理由って言われても……ただ、独り言を聞かれて、ばつが悪かったっていうか……」

どうして年下に対してへりくだらなければならないのか自分でもわからなかった。

「聞かれて困るような独り言だったのか。そもそも君は僕の最初の質問に答えていない。何がいいんだ？」

「それは、その……こういう立派なお屋敷に住めるのはいいことだなあと、そういう意味で」

「なるほど。君はこの屋敷に住むことを良いことだと認識したのだな。その根拠は？」

「根拠って……やっぱり自分の住んでるところより広くて立派だし」

「君はどのような住居に住んでいる？」

「今は独身寮ですけど」

「独身寮！　つまり独身者が共同でひとつの建物に住んでいるのだな。住居スペースは狭いのか」

「ええ、六畳一間程度です」

「六畳！　なるほど、人間は六畳程度の広さでも生活していくことができるのか。それはまた興味深い」

　男は室内を歩きはじめた。

「六畳ですべての生活をまかなうことが可能なのか。食事や入浴も？」

「まさか。それはちゃんと専用の場所があります」

「だろうな。それにしても六畳とは……そのような狭い場所に押し込められて精神的なストレスはないのか。自分のプライバシーはどれくらい認められるのか。同居者とトラブルが起きることはないのか」

歩きながら矢継ぎ早に質問してくる。

「いや、それはその……」

どう応答したらいいのかわからず、無藤は当惑する。そもそも、この男は何者だ？

「あの、失礼ですが、あなたはどなたですか」

遅ればせながら訊《き》いてみた。すると男は歩みを止め、

「僕か。僕は北小路準《きたこうじじゅん》という。知っているか」

「あ、いえ」

「知らない？　ではなぜここに来た？」

「それは……南塚さんに会いに……」

「南塚？　あいつに用なのか」

「はい、職場が同じなので」

「つまり君も警察官ということか」

「そうです。南塚警部と一緒に働いています」

「同僚か。しかし浩平《こうへい》の奴、もう警察には行かないとか言っていたが」

「そこをなんとか出てきてくれるよう説得にきたんです。あの、北小路さん、南塚さんとはどういう関係なんですか」

「僕と浩平は、言ってみれば腐れ縁というやつだ」

北小路準と名乗った男は、少しばかり苦い表情になった。

「腐れ縁、というと？」

「高校時代からの仲だ」

「へぇ」

頷《うなず》きながらも無藤は訝《いぶか》る。先輩と後輩ということだろうか。それにしては歳が離れているし、何よりも年上の南塚に対する態度が横柄すぎる。

　腐れ縁がこじれて、わけがわからなくなった。結果、あいつをここに住まわせることになってしまった」

「ここにって、じゃあ、もしかしてこのお屋敷は北小路さんの？」

「なんだ、そんなことも知らずに来たのか」

「はあ、すみません」

また謝ってしまった。

「この屋敷は僕より五代前の当主、北小路義視《よしみ》が建てたものだ。幸い関東大震災も太平洋戦争の戦火も免れ、当時のまま残されている」

「北小路さんが、このお屋敷の当主なんですね？」

「そのとおりだ」

なるほど、だから南塚に対しても高飛車でいられるわけか。無藤は納得した。

「南塚さんは食客だと聞かされましたが」

「誰に？」

「先程ここへ案内してくれた女性に」

「ああ、赤尾《あかお》か。たしかに彼の立場は食客だな。たいした仕事もせず、ここで日がな一日ぐうたらしている。じつに非生産的だ。あのような人間を見ていると苛々《いらいら》してくる。どうして自分の貴重な時間を無駄に浪費して平気でいられるのか。僕には理解しがたい。君はどう思う？」

「え？　どうって……その、あまりよろしくはないと思います」

しどろもどろながら返答する。

「南塚さんにはちゃんとした職場があるんだし、するべき仕事もあるんですから、戻ってきてもらわないと……」

「そのとおりだ！　浩平と違って君にはものの道理が理解できるようだ。日本の警察官も怠惰な人間ばかりではないようだな」

北小路は我が意を得たりとばかりに手を叩《たた》く。

「しかしなぜ浩平は馘首《くび》にならないのだ？　職場を放棄して家に籠《こ》もっているような奴は公務員だろうと即解雇するべきではないのか」

「それは……まあ、南塚さんは特別扱いですから」

「特別？　何が？」

「……さあ」

曖昧《あいまい》な言いかたしかできないのは、無藤自身が南塚のことをよく理解していないからだった。

「では浩平は自分が特別扱いなのをいいことに無断欠勤を続けているのだな」

「そういうわけでは……いえ、まあ、そういうことかも……」

煮え切らない表現だった。それを聞いた北小路は、

「よし、君に協力することにしよう。あのグウタラを屋敷から叩き出して社会復帰させるんだ。ちょっと待っていろ。すぐに呼んでくる」

そう言うと北小路は、部屋を出ていった。

残された無藤はいささか唖然《あぜん》としながら立ち尽くしていた。

「……なんだろ、あれ」

まるで小さな旋風が通りすぎていったかのようだった。

と、入れ代わるように先程の女性がやってきた。

「南塚様は間もなくいらっしゃいます。今しばらくお待ちください」

そう言うと持ってきた銀のトレイをテーブルに置いた。同じく銀器のポットとボー

ンチャイナらしいティーカップが載せられている。

カップを無藤の前に置いて紅茶を注ぐと、その隣にガラス製の灰皿を置き、一礼してまた出て行こうとする。

「あ、あの、赤尾さん」

声をかけると、女性は訝しげな表情で振り返った。

「どうしてわたくしの名前をご存じなのですか」

「あ、いや。さっき教えられて……」

「誰に？」

「北小路さんです。この屋敷の当主ですよね」

無藤が言うと、女性の表情がたちまち変化した。

「……主《あるじ》に、お会いになったのですか」

「あ、はい」

「いつ？」

「たった今、南塚さんを呼んでくると言って出て行かれましたけど」

「そう、ですか……」

「あの、何か問題でも？」

「いえ、今のところは……申し遅れましたが、わたくし赤尾麻結《まゆ》と申します。それでは失礼します」

女性はそそくさと出ていった。

北小路と南塚のことをもっと詳しく訊こうと思っていた無藤は、肩すかしを食らった格好だった。

「……なんていうか、この家のひとって……」

変人ばかりかな、と言いかけて、慌てて言葉を呑《の》み込んだ。

あらためて椅子に座り直し、紅茶を啜《すす》る。本来はコーヒー派なのだが、ちょっとびっくりするほど香り高く、美味《おい》しかった。きっと名高い茶葉を使っているのだろう。カップを置いて椅子の背もたれに体を預ける。この椅子も座り心地がいい。やはり良いものはいいということか、などと無藤が感心していると、

「待たせたな」

いきなり声がして、またも椅子から飛び上がりそうになる。

描写し忘れていたので説明しておくと、この応接室の入り口にはドアがない。先程の玄関ホールから直《じか》に繋《つな》がっている。昔の屋敷はこういう造りが普通だったのかもしれないが、現代の住宅事情に慣れた無藤は少々戸惑う。先程北小路が突然現れたのもノックやドアを開ける音がなかったからで、心の準備ができないのだ。

今回も予告なしだった。

「南塚さん……脅かさないでくださいよ」

「脅してなんかいないぞ。おまえがビビりなだけだ」

そう言うと、南塚浩平は部屋に入ってきた。

たしか今年三十二歳と聞いている。しかし実際の年齢より老けているように見えるのは無精髭《ぶしょうひげ》とぼさぼさの髪のせいかもしれない。身に着けているのは色の褪《あ》せた黒いTシャツにカーキ色のクロップドパンツ、加えて足はビーチサンダルというカジュアルにも程があるといったもので、館の雰囲気に合わないこと甚だしい。

もう少し身嗜《みだしな》みに気を遣っていれば、印象もぐっと良くなるのに、と無藤は思う。身長は無藤と並んだときに少し高かったから百七十五センチ前後だろうか。すらりとしていて、見栄えがいい。顔立ちだって悪くはなかった。俳優としてテレビや映画に出ても遜色《そんしょく》はないだろう。彼を見ていると無藤はひとつの言葉を思い出す——宝の持ち腐れ。

南塚は向かいの椅子にどっかと腰を下ろすと横柄に足を組み、だらりと背もたれに寄り掛かって言った。

「でさ、訊《き》きたいんだけど、おまえ、いつから俺の友達になったっけ？」

「え？」

「俺の友人としてここに来たって、そう言っただろ」

「それは……そう言わないと南塚さん会ってくれないって言うから……」

「なんだ、俺に会うための方便かよ。つまんねえな」

手にしていた煙草のパッケージから一本抜き出し、同じく持ってきたライターで火をつける。

彼の吐き出した煙が顔にかかり、思わず咳《せ》き込んだ。

「……じゃあ、南塚さんは自分のこと、友達だと思ってたんですか」

いささか突慳貪《つっけんどん》な口調で訊《き》き返したのは、煙を吹きかけられた不愉快さからだった。

「いや、全然」

南塚は平然と言う。さらにムッとした。

「じゃあ、どうして友人としての来訪なら会うなんて言ったんですか」

「そう言えば帰ってくれると思ったからだよ。おまえも図々《ずうずう》しい奴だな。友達でもないのに友達顔しやがって」

憤然として椅子から立ち、決然とこの場から立ち去るべきなのかもしれない、と内心では思った。先輩とはいえこの言い種《ぐさ》は腹に据えかねる。だが、不快な思いをさせられるのは覚悟の上で赴いたのだ。ここで引き下がるわけにはいかない。

「今日はどうあっても南塚さんに復帰してもらいたくて、やってきました。警視庁に戻ってください」

「いやだよ」

にべもなく、拒否された。

「俺はもう、警察の仕事なんかしたくない。捜査なんて二度とごめんだ。俺は行かない」

駄々っ子のような言いかただった。叱りつけてやりたいのをぐっと堪《こら》え、無藤は言った。

「それは、南塚さんの本心ではありませんよね」

「いいや、心の底からの声だよ」

「嘘です。あなたは刑事の仕事を本当は望んでいるはずです。だってまだ辞めてないじゃないですか。本当に嫌なのなら辞職してるはずです」

ここが無藤にとっては肝だった。南塚の心の奥にある刑事魂を揺り動かしてその気にさせれば、そうすれば――。

「辞表、とっくに出してるぜ」

「……え？」

「亀岡さんに叩《たた》きつけてるって」

「え？　でも……」

「なのにあの亀、俺の辞表を握りつぶして勝手に休職扱いにしやがったんだ。俺も勝手にしろって、そのままにしてるけどな」

「……はあ」

落胆した。亀岡はそんなこと、全然教えてくれなかった。

「言っとくがな、俺には刑事への未練とかそんなもの、薬にしたくてもないんだよ」

「でも、でも刑事になったのは、やっぱり正義の――」

「なに寝ぼけたこと言ってるんだ。生まれてこのかた、一度だって正義の味方になりたいとか刑事になって悪と戦いたいとか、そんなこと思ったことはないぞ」

「じゃあ、どうして刑事に？」

「スカウトされて無理矢理させられただけだ」

「スカウト？　無理矢理？　そんなこと、あるんですか。まるでタレントじゃないですか」

「警察にとっちゃ、俺はアイドル歌手みたいなものだったんだろうな」

南塚が何を言っているのかわからず、無藤は混乱した。スカウト？　アイドル？　どういう意味？

「とにかくだ。俺はなりたくて刑事になったわけじゃない。だから別に捜査なんかしたくない。事件解決なんて、どうだっていい」

宣言されてしまった。

「泣きそうな顔したって駄目だ。俺の気持ちは変わらんよ」

煙草の煙を吐きながら、南塚は口許《くちもと》を歪《ゆが》めて笑う。

そこへ先程の女性がまた銀のトレイを持ってやってきた。

「お待たせしました」

無愛想な表情で南塚の前にコーヒーカップを置く。

「お、サンクス」

南塚はカップを手にとり、さっそく一口啜った。

「……いいねえ。やっぱりコーヒーはゴールドブレンドに限る。マユちゃんもそう思わない？」

「わたくしは豆から淹《い》れたコーヒーしか飲みません」

マユと呼ばれた女性は、にべもなくそう返した。

「へえ、インスタントコーヒーの美味《うま》さがわからないなんて、まだまだお子さまだねえ」

「別にかまいません。ついでに言っておきますけど、そのコーヒーはゴールドブレンドじゃありません。ブレンディです」

「え？　そうなの？」

「嘘です」

「どっちなんだよ？」

「さあ？　自分の舌でお確かめになってください」

突慳貪にそう言うと、女性は応接室を出ていこうとした。が、ふと立ち止まり、

「ところで、無藤様は北小路様にお会いになったそうですよ」

「……ほう？」

南塚の表情が、少し変わった。

「無藤君、それほんと？」

「北小路さんのことですか。ええ、ついさっき、ここでお会いしましたが」

「へえ……そうなんだ」

妙に感心している。

「あの……どうかしたんですか」

「どうかって……どうかしたとは思わないのかい？」

「は？」

「だから、妙だなとか、変だなとか、思わない？」

「……言ってる意味がよくわからないんですけど」

当惑しながら無藤は言葉を返す。

「そうか、よくわからないか。ま、それならそれでいいけどね」

「いいって?」

「だから気にするな。で、準は何だって?」

「いえ、南塚さんを呼んでくると言って出ていかれましたけど」

「あれ? そうなの? 俺は会わなかったけど……」

「行き違いになったんだ」

気がつくと、またも入り口のところに北小路が立っていた。

「まったく君は、いつもどこをふらついているんだ? 自分の部屋にいたことがない」

「書庫にいたんだよ。急にチョーサーを読みたくなってさ。でもここにはなかったな」

「チョーサー? 誰だ?」

「簡単に紹介するなら十四世紀のイングランドの詩人」

「詩人! つまり詩集を探していたのか。そんなものがここにあると思ったのか」

「思ったさ。由緒正しいお屋敷の住人なら、それくらいの教養はあるはずだからな。だが置いてあるのは物理が何だの量子がどうしたのって本ばかりだ」

「当たり前だろ。そういう本こそが本当に価値ある書物なんだ。まあ、たしかに先代の蔵書にはくだらん文芸書もあった。チョーサーとやらも原書があったかもしれん。だがそうした本は僕が当主になったときに全部処分した」

「処分って、まさか捨てたのか」

「いや、大学に寄贈した。本当は捨てるつもりだったが、学長に懇願されてな」

「重罪を犯さずに済んでよかったな。実行してたらまさに文化的ジェノサイドだ。それにしてもおまえの文芸に対する無理解には毎度のことながら呆《あき》れさせられるよ」

「僕に言わせれば文芸などというまやかしを信奉することのほうが信じがたい。あんなもの、最初から最後まで全部嘘が書いてあるだけじゃないか。そんなものを読んで何が楽しい？」

「おまえには人間の想像力とその可能性が理解できないんだ。昔からそうだった。虚構を受容できるだけの強靭《きょうじん》な脳髄を持ってないんだよ」

「虚構に依存する精神のほうが脆弱《ぜいじゃく》じゃないか。君たちは真実に直面する勇気がないからフィクションに逃避しようとしているだけだろ」

北小路と南塚の果てしない舌戦を、無藤は半ば唖然《あぜん》としながら聞いていた。

見ると赤尾という女性は平然とした顔でふたりの言い争いを眺めている。どうやらこれは特別なことではないようだ。

「あの……」

おずおずと、ふたりに声をかけてみた。しかし無藤の存在など気づかないかのように、北小路と南塚は口論を止《や》めない。

「おまえは人間が法則と定理だけでできているとでも思ってるのか。人間には喜怒哀楽という感情があるんだよ。それを発揮できることこそ人間らしい生活じゃないか」

「君は二言目には『人間らしさ』とか『ヒューマニズム』とか言うが、一度だってその言葉を定義付けできたためしがないだろ。言葉を曖昧《あいまい》なまま使って平然としている。そんなことで他人を納得させられると思っているのか」

論点が文芸書うんぬんの話から微妙にずれてきている。これは駄目だな、と無藤は思った。こうなると元々のテーマは無視されて、ただ論戦のための論戦になってしまう。

「おふたりとも、そろそろ止めませんか」

呼びかけてみたが、応じてはくれなかった。

「争いごとはよくないですよ。喧嘩《けんか》なんかしたって――」

「これは喧嘩じゃない！」

北小路と南塚が口を揃えて突っ込んできた。

「論理的な議論展開に対する感情的な反発に過ぎない」

「いや、人の理を説いているのに、石頭が依怙地《いこじ》になっているだけだ。それくらい理解しろよ」

「はあ……どうもすみません」

どうして自分が謝らなければならないのかわからなかったが、無藤は頭を下げた。

でも、それはいわゆる「どっちもどっち」では、と思ったが口には出さなかった。

そんなことを言ったら火に油を注ぐだけだ。でもどうしたらこの舌戦を止めてまともに話を聞いてもらえるのか……。

「申し遅れましたが北小路様、南塚様」

そのとき、それまで黙っていた赤尾が言った。

「今朝、この応接室において〝アレ〟の存在が確認されました」

瞬間、ふたりの男が凍りついた。

「……何だって⁉」

「本当か」

「はい、即座に殲滅《せんめつ》いたしましたが」

北小路はあからさまに顔色を変え、南塚はあたりをきょろきょろと見回す。

「本当に、もういないのか」

「恐らくは」

「恐らくはって、そんな曖昧な認識は困る。百パーセント確実なことを言ってくれ」

「物事に百パーセントはあり得ないと、常日頃北小路様は仰《おっしゃ》っていらしたと思いますが」

「それは、そうだが……」

「あの」

事情のわからない無藤は赤尾に訊《き》いた。

「アレって何ですか」

「アレって言えばあれだよ。黒くて嫌なくらい艶《つや》光りしてる」

代わりに答えたのは南塚だ。

「そして部屋の隅や壁を這《は》う」

北小路も嫌悪感を露《あらわ》にした。それでやっと無藤にも理解できた。

「ああ、アレってつまりゴキブ――」

「名前を口にするな！」

またも北小路と南塚が口を揃える。

「具体的な固有名詞を耳にすると嫌悪感が増す」

「そうだ。おまえは言霊ってものを知らないのか。名前を呼ぶと出てくるかもしれん」

「ご安心ください」

赤尾が言った。

「午前中に邸内の各所にバルサンを使用いたしました。また要所要所に捕獲器の設置も完了しております。おふたりにアレの危害が及ぶことはございません」

「そうか、ならいいんだが……」

南塚は一応納得したようだった。

「いつものことながら、君の処置は的確だな」

北小路が言うと、

「恐れ入ります」

赤尾は一礼した。

「では失礼いたします。厨房《ちゅうぼう》の清掃をしたく思いますので。お客様がお帰りになられるときにはお知らせください」

そう言うと赤尾は部屋を出ていった。

残された男三人。みんな気の抜けた表情をしている。

「それで、何の話だっけ?」

南塚の問いに、

「あ……だから、南塚さんに戻ってきてほしいって」

無藤はやっとのことで軌道修正した。

「戻れよ」

北小路が言った。

「この屋敷で一日ぐうたらしているより、よっぽど生産的だ。必要とされている場所があるなら、何よりじゃないか」

「勝手なことを言うな」

南塚は顔を顰《しか》める。

「それに一日ぐうたらしてるっていうなら、おまえにだって当てはまることじゃないか」

「僕は……しかたないだろ。こんな身なんだし。でも君は違う。外で仕事をするべきだ」

「追い出したいのか」

「そうじゃない。ただ毎日燻《くすぶ》ってる君を見ていたくないだけだ」

「お願いしますよ、南塚さん、帰ってきてください」

ここぞとばかりに無藤も口説く。

「南塚さんがいてくれないと、困るんです。例の事件、解決しないですよ」

「例の事件？　何だ？」

「何だって、知らないんですか。新聞やテレビで毎日報道してるのに」

「新聞もテレビもネットも、ここ一カ月は一切触れてない。世の中に何が起きてるかなんて知ったことじゃないからな。何が起きた？　また総理大臣が交代したか」

「そんなことじゃないです。また起きたんです。殺人事件」

「殺人なんて珍しいものじゃない。毎年四、五百人が殺されてるんだからな。それに刑事は俺ひとりじゃないだろ。おまえたちだけで何とかしろよ」

「それが、ただの殺人じゃないんです。被害者は女性。しかも……両手首が切断されてるんです」

「……なに？」

南塚の表情が変わった。

「ほう」

北小路も興味深そうな顔つきになる。

「それはつまり、あれだな。例の事件の再来か」

「そうです。二カ月前の事件と同じなんです」

無藤は言った。

「南塚さんが解決したはずの、あの事件と」

2

「最初の事件は八月七日に起こりました。練馬《ねりま》区東大泉六丁目の賃貸マンションに住む高田《たかだ》香里《かおり》という二十六歳の女性が自室で死んでいるのが見つかったんです」

無藤は手帳を見ながら話した。南塚は椅子にだらしなく腰掛けて煙草を吸いながら彼の話を聞いている。北小路は壁にもたれ、立ったままで無藤を見つめていた。

その視線が無藤は気になる。部外者の北小路までいるところで事件の話をすることに躊躇《ちゅうちょ》を覚えたのだが、南塚の「いいじゃん、別に」という言葉に押し切られて話しはじめたのだった。

「……遺体を発見したのは交際相手の武内弘樹《たけうちひろき》。発見時刻は七日の午後九時半で、合鍵《あいかぎ》を持っていた武内が部屋に入って、リビングに倒れている香里を発見したわけです」

立ち昇る煙草の煙を眼で追っている南塚より北小路のほうが真剣に話を聞いているように見える。妙な違和感を覚えながら無藤は続けた。

「すぐに警察に通報があり、鑑識と石神井《しゃくじい》署の人間が駆けつけました。香里の死因は絞殺。頸部《けいぶ》に残った索条痕《こん》から紐《ひも》やロープではなく細い金属チェーン、たとえばネックレスのようなもので絞められたと考えられます。なお付近に凶器らしきものは残されていませんでした。両手首は死後に切断されたものと考えられます。切断に使われたのは鋸《のこぎり》状の刃物と推測されますが、やはり現場には残っていませんでした。切断された手首も同様です」

何か質問が出るだろうと思い、言葉を切る。しかし南塚は黙ったままだ。北小路も熱心に聞いているわりには何も言ってこない。いささか拍子抜けした無藤は、逆に問いかけた。

「南塚さん、どう思いますか」

「どうってことないな」

けんもほろろな返答だった。

「犯人は香里って子を殺してから手首を切り取って持ち去った。それだけのことだろ」

「それだけって、どう考えてもおかしいでしょ。これは水岡《みずおか》紗緒の事件と同じですよ」

「あの事件は、解決した」

無愛想な口調で、南塚は言う。

「犯人の菅沼は、俺が逮捕した」

「たしかに。でも、同じ事件が発生したんです」

南塚は何も言わない。まずそうに煙草を吸っているだけだった。

「最初の事件は、と言ったな」

代わりに北小路が言った。

「ということは、その後も同様の事件が起きているのか」

どうやら彼も新聞やテレビを観ていないようだ。

「ええ、もう一件、一昨日《おととい》の八月二十六日に」

無藤は北小路に言った。もちろん南塚に聞かせるつもりだった。

「今度は板橋区栄町に住む芹沢裕子《せりざわゆうこ》という三十一歳の女性が殺されました。現場は裕子が夫の保《たもつ》とふたりで住む家で、二十七日の午後七時に福岡からの出張から帰ってきた保がリビングで死亡している裕子を発見、通報しています。やはりチェーン状のもので絞殺された後、両手首を切断、持ち去られていました。死亡推定時刻は二十六日の午後五時から八時の間で、その時間帯は家にひとりでいたことがわかっています」

「ふたつの事件の手口は似ているようだな」

北小路が独り言のように呟《つぶや》く。

「しかも水岡紗緒の事件とも酷似している。三つの事件に関連性があると考えても無理はないか。しかし……」

「ありえんよ」

南塚が不機嫌そうに言った。

「紗緒さんの事件は解決済みだ。菅沼は俺が逮捕した。しかも奴は……死んだ」

そうなのだ。水岡紗緒を殺害した菅沼刑事は、逮捕翌日に留置場内で首を吊《つ》って死んでしまった。もうこの世にはいないのだ。無藤は言った。

「南塚さん、もしも、もしもですよ、水岡紗緒を殺害した犯人が菅沼でなかったら。別の犯人がいて、そいつが高田香里と芹沢裕子も殺していたとしたら──」

「それはない」

南塚は断言する。

「俺の推理で証明されている。奴が犯人であることは間違いない。それにこれはあいつ自身が認めたことだ」

「でも菅沼は自分が紗緒を殺害したこと以外は一切口を噤《つぐ》んでいました。殺害の動機も全然明かさなかったし、手首を切断した理由も、その手首の行方も自供しないまま自殺しました。その上で今度の事件なわけです。謎が多すぎます。だから南塚さんにもう一度捜査に加わってほしいんです」

「俺でなくたって別に事件を解決しさえすればいいんだろ。おまえたちだけで何とかしろよ」

「何言ってるんですか。これは南塚さんの事件でしょ。最後まで見届けようって気にはならないんですか」

「ならないね」

南塚は素っ気なく言った。

「俺はもう、事件のことなんかどうでもいいんだ」

「どうでもいいって、このままずっと引き籠《こ》もってるつもりですか」

無藤は言い募った。しかし南塚は、

「ああ、世の中の厄介ごとは何もかも忘れて、ずっとのんびり暮らすつもりだ」

あっけらかんと、そう言ってのける。無藤は苛立《いらだ》たしくなってきた。

「どうして……今までいくつもの事件を見事に解決してきた南塚さんが、どうしてそんなことを言うんですか」

「これが俺の本心だからだ。これまでだって本気で事件を解決したいだなんて思ったことはなかった。ただ……」

「ただ、何ですか」

「……いや、どうでもいい」

それきり南塚は口を噤んでしまう。

どうしようか、と無藤は考えあぐねた。南塚がここまで依怙地《いこじ》に復帰を拒むとは思わなかったのだ。

「……自分は刑事になってずっと、南塚さんの背中を見てきました」

考えもまとまらないまま、無藤は言った。

「南塚さんは正直、普通の刑事とは違ってました。足で捜査したりするんじゃなくて、知恵と発想で事件を解決してきました。それを見て自分、本当に憧《あこが》れたんです。こういう刑事もいるのかって。できれば自分もそういう刑事になりたいと思いました。まだまだ全然足元にも及びませんけど、いつかはそうなりたいって。だから南塚さん、自分はもっと南塚さんと一緒に捜査したいんです。お願いします。戻ってきてください」

我ながら恥ずかしいことを言っているな、という自覚はある。しかし言わないではいられなかった。無藤は上気した顔を隠すために、深々と頭を下げた。

南塚の返事はない。南塚が顔を上げると、難しそうな顔をして煙草を吹かしていた。

「健気《けなげ》な後輩だな」

北小路が言った。

「浩平、君のような人間でもこうして尊敬してくれる人間がいるんだ。ありがたいことだと思うべきだな。こうまで言われても心が動かないというのは、君が常日頃言《こた》っている人間らしさに欠けるんじゃないか。それとも、そんなにも失恋の痛手が応えるか」

「うるさい、黙れ」

南塚は吐き捨てる。

「失恋？」

無藤は唐突な言葉に当惑する。

「失恋、文字どおり恋を失ったんだ」

北小路が言った。

「おかげでこいつは、腑抜《ふぬ》けになった」

「じゃあ、南塚さんが動かないのは、失恋のせい――」

「うるさい、黙れ」

「黙らない。僕は正直、君がうじうじと煩悶《はんもん》する姿を見るのに飽き飽きしたんだ」

「うじうじとはなんだ。俺の崇高な懊悩《おうのう》は、そんな下賤《げせん》なものじゃないぞ」

「恋愛なんてみんな下賤なものじゃないか。たかだか女ひとりのせいで生活を破綻《はたん》させて。お世辞にも褒められたものじゃないな」

北小路は舌鋒《ぜっぽう》鋭く南塚を責めたてる。

「あの……失恋って相手は誰なんですか」

無藤が尋ねると、北小路は面白くなさそうに、

「水岡紗緒だ」

と答えた。

「え……？　水岡って、最初に殺された？」

「そうだ。彼女だ」

「南塚さん、水岡紗緒と知り合いだったんですか」

これは初耳だ。だとしたら彼は恋人を殺されたことになる。それなら落ち込んでも致し方ないと思うが。

しかし北小路は首を振った。

「知り合いも何も、生前の彼女に会ったことは一度もないそうだ」

「……どういうことですか」

「だから、水岡紗緒の遺体を見て一目惚《ひとめぼ》れしたんだ」

「遺体を……」

無藤は南塚を見た。彼は何も言わず、次の煙草に手を着けようとしている。

「……それって、いわゆる死体愛好――」

「違う！」

南塚は無藤の言葉を遮った。

「俺は純粋に紗緒さんに恋をした。出会ったときすでに彼女は死んでいた。それだけのことだ。俺をネクロフィリアみたいに言うな」

「はあ……」

では何と言ったらいいのか、無藤は正直なところ、わからなかった。

「こいつはいつもそうなんだ」

北小路が言った。

「浩平が惚れた女は程なく死ぬか、あるいは死んでから浩平に惚れられる」

「それは……」

やはり異常では、と言いかけて、やめておいた。

「なぜわからないかなあ。紗緒さんの美しさは死なんて瑣末《さまつ》な出来事で失われるようなものじゃないんだ」

南塚は滔々《とうとう》と語る。

「彼女には永遠に損なわれない美と気品がある。たおやかで聡明《そうめい》で朝露のような優しさを持った女性なんだ」

遺体しか知らないのに、どうして彼女の性格までわかるのだろうかと、無藤は訝《いぶか》しく思う。

彼自身、紗緒の遺体は現場で実際に見ていた。たしかに美しいひとだったのだろうな、とは思った。だが死体は死体だ。命を失った体には哀れみとおぞましさしか感じなかった。

しかし南塚は彼女の遺体を見て恋に落ちた。彼が警察の仕事を遺棄して館に閉じ籠もっていたのは、つまりは恋煩いだったということだ。

なんだかなあ、と無藤は思う。ちょっと、ついていけないや。

しかし、と気を取り直す。今は南塚にやる気になってもらうことが先決だ。

「……南塚さんの気持ちは、よくわかりました。でも、それならなおのこと、今回の事件を解決しなければならないのではないですか。このままでは彼女が浮かばれませんよ」

「そのとおりだ。君は今すぐ屋敷を出て、そのいささか文学的すぎるがそこそこ明晰《めいせき》な脳髄を役立てるべきだぞ。それ以外に君が社会に貢献できる道はないのだからな」

「ふん、ふたりとも勝手な言い種《ぐさ》ばかり並べ立てやがる」

南塚は火をつけたばかりの煙草を灰皿に押しつけると、

「わかったよ。その事件、俺が何とかしてやる」

「ありがとうございます！」

無藤は最敬礼した。

「そうと決まれば、さっそく捜査本部へ行きましょう。きっと亀岡さんも喜びますよ」

「まあ待て。まだ聞くべきことを全部聞いてないぞ」

南塚は逸《はや》る無藤を押し止《とど》めて、

「まず高田香里の事件だが、武内という交際相手が合鍵《あいかぎ》で入ったということは、出入り口は施錠されていたわけだな？」

「そうです。他にマンションの窓なども全部内側から鍵が掛かっていました。現場は発見当時、密室状態だったわけです」

「家の鍵は？」

「香里自身の鍵は家の中にありました。武内の知る限り、鍵はそれだけだそうです」

「合鍵を作るのが難しいタイプのやつか」

「いえ、鍵屋で比較的簡単に作ることのできる鍵です。マンションの管理会社に問い合わせたところ、香里には鍵をひとつしか渡してないそうで、武内の持っていた鍵は香里が作った合鍵だそうです」

「じゃあ密室も何もあったもんじゃないな。芹沢裕子の場合は？」

「同じく家の鍵はすべて閉まっていました。そして裕子の鍵は彼女自身が持っていました。こちらは保が持っている鍵の他にもうひとつ合鍵がありましたが、それも家の中にあることが確認されています。ただ、こちらの鍵も合鍵を作るのは容易です。事実、三つ目の鍵は用心のために裕子が近くの鍵屋で作らせたものだそうですから」

「どちらの場合も犯人が合鍵でドアを閉めて逃走した可能性があるわけだな」

南塚が言うと、それまで黙っていた北小路が口を開いた。

「しかしなぜ、そんなことをする必要があるんだ？」

「理由はいろいろ考えられるさ。発見を遅らせるため。異変に気づかせないため。合鍵を使って侵入したから同じく合鍵でドアを閉めて痕跡《こんせき》を消したかったのかもしれない」

「どれも根拠が薄いな。どちらのケースも合鍵を持った人間が他にいたわけだから、ドアを開けるのに手間取らせて発見を遅らせるというのには当たらない。表から見て鍵が掛かっているかどうかなんてわからないから、通行人が異変に気づくはずもない。そもそも鍵が開いていようと掛かっていようと、犯人には何の不都合もないじゃないか」

「いや、もしかしたら犯人には鍵を掛ける必要があったのかもしれない」

「どういう理由で？」

「それはまだ、わからんさ。とにかく鍵を掛けた理由について詮索《せんさく》するのは後回しにだ。無藤」

「はい」

「高田香里と芹沢裕子の間に何か関係はあるのか」

「いえ、今のところ接点は見つかっていません。女性で彼氏あるいは夫がいるという
だけで」

「紗緒さんとの関係もか」

「もちろん調べてますが、やはり今はまだ」

「そうか。彼氏と旦那《だんな》のアリバイは？」

「今のところ問題ありません。香里の死亡推定時刻に武内は勤めている会社で働いて
いました。裕子の夫の保が福岡に出張していたことも確認が取れています」

「ふたりの周囲で不穏な動きとかは？　付近に不審な人物の目撃情報があったとか」

「それも今のところはありません。香里の生徒にも話を聞いたんですが、特に変わっ
たことはなかったそうですし」

「生徒？」

「ああ、言い忘れてました。香里は近所で編み物教室を開いてまして、生徒が三十人
くらいいるんです」

「編み物か……」

南塚は呟《つぶや》く。

「あの、何か？」

「芹沢裕子の仕事は？」

「え？　あ……書道家です。書道展に作品を出して賞を貰《もら》ったこともあるそうで」

「書道をひとに教えたりもしてたのか」

「はい、自宅の一部が書道教室になっていて、子供たちや大人にも教えていたと……どうかしたんですか」

「どっちも講師をしていたんだな」

　と北小路が言う。

「たしか水岡紗緒もそうではなかったか」

「ああ、ピアノ教室を開いていた」

　南塚が答える。

「なるほど。共通点があるじゃないか。三人とも自分の技術を人に教える立場にあった」

「そういうことだな。無藤、捜査本部じゃそこんとこ、どう考えてる？」

「どうって……」

「重要視してないのか」

「……はい。大事なことでしょうか」

「わからん。だが捜査は必要だろうな。もしかしたら生徒たちの間に何か関係があるかもしれない」

「そうか、そういうこともあり得ますね。南塚さん、行きましょう」

「行くって、どこに?」

「だから捜査本部ですよ。今の話を亀岡さんにして、すぐに調べないと」

無藤は意気込む。しかし南塚は、

「いいよ。任せる」

と言った。

「そういう地道な仕事は苦手だから」

「苦手って、そういう話じゃないでしょ」

「そういう話だよ。俺はね、そういう約束で警視庁に入ったんだから」

たしかに南塚が地取り捜査とかに従事しているのを見たことはない。いつも捜査本部に陣取って、何をするでもなくぼんやりしている。それでいて、いざとなると明晰な推理で事件を解決してみせたりするのだ。その行動は刑事というより探偵、それもミステリに登場する素人探偵に近い。それを上司が許しているのも不思議ではあった。やはり南塚という人間の存在は、警視庁内でも特殊なものらしい。しかし今はそのことを詮索している場合でもなかった。

「わかりました。地道な捜査は自分たちでやります。とにかく捜査本部には来てください。お願いします」

頭を下げた。

「行ってやれよ」

北小路も援護射撃をしてくれた。

「君の相手を一日ずっとここでしているのにも、うんざりしているんだ。働け」

「別に相手にしてくれなんて言ってないぞ。だが……しょうがないな」

やっとのことで南塚が立ち上がった。

「無藤、行くぞ」

「はい！」

3

捜査本部は高田香里が殺害された練馬区東大泉を管区とする石神井署に設置されていた。

無藤が南塚と一緒に本部となっている会議室に入ると、

「なんだ、本当につれてきたのかよ」

いきなり声がかかった。見ると不動《ふどう》がこちらを睨《にら》みつけていた。

「そんな奴いなくたって、俺たちだけで今度の事件《ヤマ》は片づけられるってのによ」

身の丈百八十センチ以上、半袖《はんそで》シャツに覆われた肩の筋肉は瘤《こぶ》のように盛り上がり、腕も丸太のように太い。おまけに腹も迫《せ》り出していて力士のようだった。これが警視庁捜査一課で最も恐れられている不動重芳《しげよし》。典型的な叩《たた》き上げの刑事で、現在四十二歳と働き盛り。現場第一主義の武闘派だった。階級は南塚と同じく警部。しかしこのふたりは普段からまったく反りが合わなかった。

「南塚、たっぷりお休みしてやる気も満々だろうがよ、この事件は俺たちに任せておけ」

人を威嚇する形にしか動けない表情筋を連動させて、かろうじて笑みとわかる顔つきになっている。

「お……ちょっと待て！」

南塚のほうは不動をちらりと見ただけで、何も言わずに彼の前を素通りしていった。

不動が南塚の肩を摑《つか》んだ。

「おまえ、俺を馬鹿にしてるのか！」

「馬鹿にしなきゃならない理由でもあるかな？」

南塚が訊《き》き返す。

「俺はあんたのことを、馬鹿にしてはいない。それどころか、何の関心も持ってない」

肩を捻《ひね》って不動の手を払うと、南塚は歩き去っていく。

不動は文字どおり不動明王のような憤怒《ふんぬ》の相を浮かべて仁王立ちしている。その様子と南塚の後ろ姿を見比べながら、無藤は内心はらはらしていた。

反りが合わないといっても、常に突っかかっていくのは不動のほうで、対する南塚は足許《あしもと》の塵《ちり》ほども気にかけていないのだった。だからこそふたりの間の溝は深い。今も不動は襲いかかりそうな勢いなのに対して、南塚はすでに不動のことなど頭の隅にもないようだった。彼はまっすぐに亀岡の座っている席に向かっていく。

「来たね」

亀岡は手にしていたボールペンを置いた。頭蓋骨《ずがいこつ》の形がわかるほど痩《や》せていて、背も高い。髪はきっちりと七三に分け、身に着けているスーツには一部の隙もない。四十歳と聞いているが、それ以上に老けているようにも見える。キャリア組なら本来もっと昇進していてもいいはずなのだが、いまだに警視止まりである理由は、無藤も知らない。ただ彼が知っている他のキャリアとは雰囲気が違うことは確かだ。

その亀岡に向かって南塚は言った。

「無藤がしつこいんで」

「とはいえ、君も気にはなったんだろ？」

「まあ、ね。一応の話は聞きました。今回のふたつの事件、本当に水岡紗緒の事件と関連があると考えているんですか」

「君の意見は違うのかね？」

「菅沼は死にました。死人に殺人はできない」

「しかし類似点が多いことも否定できないよ。似たような凶器で絞殺され、手首を切断されている」

「それに三人とも、生徒を持って教えている立場ではありますがね」

南塚の言葉に、亀岡は虚を衝《つ》かれたように眼を見開く。

「……言われてみれば、そのとおりだな」

「今まで気づかなかったんですか」

「その点について指摘する人間は、いなかったよ。盲点だった」

やれやれ、と言いたげに南塚は肩を竦《すく》める。

「俺は気づいてたぞ」

不動が言った。

「ただ、関係はないだろうと思ってたがな」

「調べてもいないのなら、気づいていたとしても無意味だな」

あっさりと言われ、不動の顔色がまた変わった。

「利いた風なことを言うな。おまえみたいな奴は俺の妹に言わせると口だけ大将っていうんだ」

子供の喧嘩《けんか》みたいな口調だった。南塚は当然のように無視して、亀岡に言った。

「ついでに言うと、もうひとつ共通点があります」

「何だね？」

「手、です」

南塚は自分の手を上司に示した。

「高田香里は編み物の講師、芹沢裕子は書道家。どちらも手を使う」

「たしかに」

「それに、水岡紗緒はピアニストだった」

「彼女も手を使っていたわけだ」

「たいていの仕事は手を使うものだから、共通点としては緩いものです。だが手首が切断されていることも考え合わせると、意味のあることかもしれない」

「なるほど。いい指摘だね。水岡紗緒もピアノを教えていたかな？」

「教室を開いてました。三人に教えてもらっていた生徒を調べる必要があります。もしかしたらその辺に接点があるかもしれない」

「すぐに調べさせよう」

会議室にいた捜査員たちを集め、亀岡はすぐに指示を出した。不動も芹沢裕子の生徒を調べるように言われ、かなり不満そうな顔をしながらも会議室を出ていった。

残ったのは南塚と亀岡、そして無藤の三人。無藤は南塚の希望で残された。

「あの、自分は何をすれば……」

「俺のお付きだ」

南塚は言った。

「俺が考える。おまえが動く」

「はあ……」

「まあ、よろしく頼むよ」

亀岡にも言われ、無藤は承諾するしかなかった。

「さっそくだけどさ、これまでの捜査資料を読ませてよ」

「あ、はい」

無藤は資料を掻《か》き集め、南塚の前に置いた。すると彼は片っ端から手に取り、ちらりと見ては放り出した。まるで何かを探しているかのようだった。

しかし無藤は知っていた。これでも南塚は資料を読んでいるのだ。常人には不可能なほどの速さで。

いつものほほんとしている彼が、このときだけは驚くほどの集中力を発揮する。たぶん今声をかけても返事はしてくれないだろう。耳に届かないのだ。

「管理官、自分も捜査に……」

行ったほうがいいのでは、と言いかけたら、

「ま、無藤君はここにいればいいよ。なにせ南塚君のお付きなんだから」

と言われてしまった。

「はあ」

こんな特別待遇でいいのだろうか、と無藤は心許なく思う。実際に特別扱いされているのは南塚のほうなのだが、それに付き合わされている自分もかなり微妙な立場に置かれているのだということは承知していた。

「暇なら、ちょっと付き合ってくれるかな」

「え？」

「コーヒーでも飲もう」

亀岡に連れて行かれたのは署内の休憩コーナー、自販機の前だった。

「これが好きでね。一日に三本は飲んでしまう。ま、ブラックだから糖分は気にしなくていいんだけどね。君は何がいい？」

「え？　あ、じゃあカフェオレで」

ごとん、と缶コーヒーが出てくる。それを渡され無藤は恐縮する。

「いただきます」

亀岡は言葉のとおりブラックコーヒーを選んだ。

「座ろうか」

自販機前に置かれたベンチに腰を下ろす。無藤も畏《かしこ》まりながら隣に座った。近くには誰もいない。

亀岡はコーヒーを一口飲んでから、

「君には、話しておいたほうがいいと思ったんだが」

と切り出した。

やはり、と無藤は思う。自分を付き合わせたのは何か話があるからだろうと予想していたのだ。

「南塚さんのことですか」

「察しがいいね。彼のこと、どう思う？」

「どうって……優秀なひとだと思います。今までも結構難しい事件をいくつか解決してますし」

「そう、南塚君がいなければ犯人逮捕に至らなかった事件もある。得難い人材だよ。それなりの苦労をして手に入れただけのことはある」

「手に入れた？」

「南塚君のこと、どれくらい知ってる？」

亀岡に訊《き》き返され、無藤は戸惑った。

「えっと……歳が三十二歳で独身で、頭がよくて、でもちょっと協調性がなくて……」

「たしかに協調性には乏しいね。彼にはこの世界が肌に合わないのかもしれない。自分から望んで刑事になったわけじゃないから」

「南塚さん本人もそんなこと言ってましたけど、それってどういうことですか」

「南塚君はもともとW大学の文学部出身だ。本人は卒業したら中学か高校の国語教師にでもなろうと思っていたらしい」

「南塚さんが、先生ですか」

想像してみる。駄目だ。まるで似つかわしくない。だが刑事という職業も彼には似合っていないような気もする。ではどんな仕事なら適当なのかと考えてみても、思い浮かばなかった。

「まあ、教師というのも身過ぎ世過ぎのためだそうだけどね。彼の本来の仕事は詩を書くことだったし」

最初「し」という言葉の意味を量りかねていた。死？　四？　その次にやっと「詩」という語が出てきた。

「意外に思うかもしれないけどね、南塚君は高校時代に書いた詩集が有名な文学賞を受賞したんだよ。それ以来若手のホープとして期待されていたんだ」

「南塚さんが、詩人、だったんですか」

「らしいね」

詩人。この言葉を南塚に当てはめてみる。教師や刑事よりはいいかもしれない。といっても無藤には詩人のイメージが乏しいので、自分の感覚が正しいのかどうかわからなかったが。

「しかしなぜか、彼は高校を卒業する頃には詩作をやめてしまった。結局著作は一冊だけだそうだ」

読んでみたいな、と無藤は思う。南塚がどんな詩を書いていたのか、確認してみたい。しかしそのことを口には出さなかった。代わりに言った。

「でも、詩人で文学部卒で教師になろうとしてた南塚さんが、どうして刑事になったんですか」

「スカウトされたんだよ」

亀岡は言った。

「彼には詩以外にも、もうひとつ才能があった。じつは高校時代、彼のいた学校で殺人事件があったんだよ。それを彼は警察に先んじて解決してしまった」

「解決って、犯人を見つけたんですか」

「そう。それだけじゃない。高校から大学にかけていくつかの事件に関わって、どれも見事に解決してしまったんだ」

「へえ……それって、いわゆる素人探偵ってやつですか」

「まさにそのとおりだよ。彼は日本でも有数の素人探偵だったんだ。だから警察が眼をつけた。彼を口説き落として入庁させたんだ。準キャリアの扱いでね」

準キャリアといえば国家公務員採用I種試験に合格したキャリアほどではないにせよ、文字どおりそれに準じた処遇が約束された人間のことだ。普通は国家公務員II種試験を経て入庁する。

「南塚君の場合は公務員試験なしで入っている。特例だね」

亀岡は無藤の考えに先んじるように言った。

「そういう特例って、よくあるんですか」

「よくあったら特例とは言わないよ。彼のために用意された本当に特別な措置だ」

「でも、どうしてそこまでして南塚さんを警察に入れたかったんですか」

「それは、主に警察全体の面子《メンツ》に関わることだね。素人探偵の存在というのは国家機構のひとつである警察にとって脅威なんだよ」

「脅威、ですか」

「考えてもごらん、警察が組織力と予算と時間を費やしても解決できなかった事件が、たったひとりの民間人によって解明されてしまうんだ。こんなことが続けば警察の権威は揺らぐ。威信もがた落ちだよ。そうだろ？」

「まあ、たしかに」

「一時期は民間人の探偵行為を法律で規制しようという動きさえあったくらいだ。しかし法的には困難だった。それで苦肉の策として考えられたのが、素人探偵の公務員化なんだ。つまり優秀な素人探偵を警察官にしてしまえば、彼らの功績も警察のものになる」

なるほど、考えとしては一理ある。

「それで南塚さんを警察にスカウトしたわけですか」

「そう。彼は最初その気がなかったようだけど、こちらは国家プロジェクトとして臨んでいた。手練手管を駆使して彼を説得して、なんとか警察官になってもらったのさ。おかげで彼がこれまで解決してきた事件はみんな警察の手柄ということになっているわけ」

「そうなんですか。でも、それは……」

「ずるい、と思うかな？」

「いえ、そこまでは思いませんが。でもなんとなく……」

「まあ、気持ちはわかるよ。しかしこれが世の中ってやつだ。だから君にも腹を括《くく》ってほしいんだよ」

「腹を括るって？」

「南塚君に付いて仕事をする以上、警察の常識からはいくらか逸脱することもあるかもしれない。それは覚悟しておいてほしい」

「まあ、そういうことでしたら、はい」

「それと」

と、亀岡は缶コーヒーで喉《のど》を潤して、

「大局的に見て判断が必要なときは、常に自分が刑事であることを忘れないでいてくれ」

迂遠《うえん》な言い回しだが、無藤には上司の言葉の意味がなんとなく理解できた。

「つまり、南塚さんのお目付になれと？」

「彼のすることが我々の利害と一致していれば良し。そうでなければ正してやらなければならない」

「でも、自分には南塚さんを指導するようなことはできませんよ」

「何も君にそんなことまで頼んじゃいないよ。僕に相談してくれればいいんだ」

なるほど、南塚の行動をチェックして問題があったら知らせろということか。

「……わかりました」

そう返事するしかなかった。亀岡はにっこりと微笑んで、

「この仕事を任せられる人間をずっと探していたんだ。君には期待しているよ」

食えないおっさんだな、と無藤は内心で思う。しかし警察という組織の一員である以上、上司の指示には従わなければならない。

無藤は言いたい言葉をカフェオレと一緒に飲み下すと、一言。

「はい」

とだけ答えた。

4

戻ってくると、南塚は資料を放り出してぼんやりと煙草を吸っていた。

「もう読み終わったんですか」

無藤の問いかけに、

「ああ……」

面倒臭そうに応じる。

「自分が何かすることありますか」

「ああ……」

それだけ言って、後は無言だった。

「することがあるなら、教えてください」

「ああ……」

「ああ、じゃわからないですよ」

「ああ……」

どうやらこっちの話を聞いてはいないようだ。煙草をふかして中空をぼんやりと見ている。心がどこか遠くに出かけてしまったかのようだった。

途方に暮れた無藤は亀岡に眼をやる。しかし彼も他の書類を読みはじめていて、無藤のことは知らん顔だ。

みんな揃って、と無藤は歯噛《はが》みする。ここの人間はみんな揃って無責任だ。

「無藤」

不意に呼ばれた。南塚が立ち上がっている。

「行こうか」

「行こうって、どこに？」

「現場だよ。連れてってくれ」

咄嗟《とっさ》に亀岡のほうを見た。彼も無藤を見て、小さく頷《うなず》いてみせる。

「わかりました。車を用意します」

それから十分ほどで石神井署を出た。

高田香里が住んでいた東大泉の賃貸マンションは署から十分くらいの距離にあった。住宅街の真ん中に建つコンクリート製の三階建てで、そこそこ洒落《しゃれ》た雰囲気の建物だった。

「まだ室内は当時のままなんだな?」

「はい、高田香里は独り暮らしで、両親は前橋に住んでいるそうですが、まだ遺品の整理などは待ってもらっています」

「部屋の鍵《かぎ》は?」

「香里の部屋に置いたままです。自分たちは管理会社のひとに来てもらって中に入ることにしてます」

管理会社の人間はすでに到着していた。四十歳過ぎくらいの小柄な女性だった。

「わざわざすみません」

無藤が頭を下げると、

「いえ……」

女性は小さな声で応じた。

香里の部屋は二階の五号室だった。女性が鍵を開け、中に入る。

「それはマスターキー? このマンションのドアを全部開けられるとか?」

南塚が訊《き》いた。

「え？　あ、違います。この部屋の合鍵です。入居者のかたにお渡ししたのと同じものです」

小さな玄関の左側にキッチンとダイニングがあり、その奥に洋室と和室がひとつずつ。特に珍しくもない間取りだった。室内はクリーム色の壁紙が貼られ、カーテンはどれもパステルグリーン。テーブルやタンスなども淡い色で統一されていて、住んでいた者の品の良さを感じさせた。

だが、ただひとつ、そんな雰囲気にそぐわないものがある。洋室のモスグリーンのカーペットに広がる、血痕《けっこん》だ。

「被害者の遺体はここに倒れていました。血が流れている場所がここだけであることから、犯人はこの場で香里の手首を切断したものと考えられます」

無藤は説明する。南塚は面白くなさそうな顔でカーペットを見つめ、

「やっぱりな」

と呟《つぶや》いた。

「何ですか」

無藤が訊いても、

「何でもない」

としか答えない。代わりに訊いてきた。

「家の中にあるという鍵は？」

「玄関に置いてあります」

三人揃って玄関に戻る。下駄箱の上に置かれた籐《とう》製の籠《かご》に銀色の鍵が納まっている。

南塚はその鍵を拾い上げた。

「さっきの鍵」

「え？」

「さっきここに入るときに使った鍵」

管理会社の女性が慌てて持ってきた鍵を差し出す。南塚はふたつの鍵を持って見比べた。

「違うな」

「違うって、何がですか」

「全然別の鍵だって。この鍵でドアの開け閉め、したのか」

「えっと……どうだったかな……」

無藤が曖昧《あいまい》に言うと、南塚は玄関ドアを開けて外に出た。

しばらくガチャガチャと鍵を回す音が聞こえた後、

「やっぱりだ。この鍵ではドアは開け閉めできない」

「そんな……」

無藤も外に出る。

「試してみろ」

鍵を受け取り、鍵穴に入れてみる。回そうとしたが、びくとも動かなかった。

「これは……」

「言っちゃなんだが、おまえたちの捜査は穴だらけだな」

返す言葉がなかった。たしかにこれは弁明しようのない失態だ。

「この鍵は偽物だ。本物はたぶん、犯人がドアを閉めるために使ったんだろう」

「そんな……」

「見たいものは、もう見た。次行こう」

当惑する無藤を尻目《しりめ》に、南塚はさっさと行ってしまう。

「あ、ちょっと待ってください！」

管理会社の女性に慌ただしく礼を言ってから、無藤は南塚の後を追った。

「次、芹沢裕子の家だ。中に入れるか」

「それが、夫の保が会社に行っているので、今は無人で入れないんです。彼は今、ホテル住まいをしているそうなんですが」

「どうして？」

「女房が惨殺されていた家には独りでいられないからとかで」

「なるほどね。じゃあ保の会社に行って鍵を借りよう。いや、借りなくても話を聞くだけで済むかもな」

芹沢保の会社は墨田《すみだ》区東向島にあった。電子部品を取り扱う商社で、角地にあるビルの三階に事務所を構えていた。

芹沢は会社にいて、すぐに会うことができた。神経質そうな顔つきの男性だった。スーツを着込み髪も整えているものの、どこか荒《すさ》んだ雰囲気を感じるのは妻を亡くしたばかりだからだろうか。

「犯人が捕まったんですか」

応接室で顔を合わせるなり、芹沢は訊いてきた。

「いえ、それはまだ」

無藤が答えると、彼は肩を落とす。

「そうですか……」

「でも、警察は全力をあげて捜査をしています。犯人は必ず逮捕します」

「……お願いします。このままじゃ、裕子が浮かばれない」

「お察しします」

向かい合わせでソファに座る。

「裕子は、いつ帰ってきますか」

「司法解剖は今日終わるそうですから、明日《あした》には」

「そうですか。やっと葬式をあげることができます。それで、何かわかりましたか」

「死因その他については、以前お伝えしたとおりと実証されました。今はその程度しか……」

言いながらそれまで無言だった南塚に視線を向ける。彼は言った。

「ここ、禁煙？」

「え？　あ、一応」

「そう。しかたないな。最近は煙草を吸える場所が少なくて困る。あんたもそうだろ？」

「私？　私はまあ、なんとか我慢してますが。でも、どうして煙草を吸うとわかったんですか」

「匂い。体に染みついてる」

南塚にそう言われ、芹沢は自分の服の匂いを嗅《か》ぐような仕種《しぐさ》をしかけた。

「そんなに匂いますか」

「自分の匂いには鈍感なものだよ。訊きたいのはそんなことじゃなくて、鍵《かぎ》のことだ」

「殺された奥さんが持っていた鍵だよ。たしか穿《は》いていたジーンズのコインポケットに入ってたってね」

「鍵？」

「ええ、そうでした。でもそのことは警察のかたも御存知では？」

「もちろん報告書に載ってるさ。で、遺体はリビングで仰向けに倒れていたと。その鍵なんだけどさ、奥さんの遺体から発見された後、実際に使ってみた？」

「……いいえ、警察のかたに返していただきましたけど、それきり家に置いてあります」

「じゃあ、それが本当に奥さんが持ってた鍵かどうか確認はしてないんだね？」

「たしかに、してませんけど……違うんですか」

「それは、どうかなあ」

はぐらかすように言いながら、南塚は無藤に眼を向けた。

無藤は居たたまれない気持ちになっていた。現場で見つかった鍵が本物かどうか確かめていなかったのは、たしかに警察の落ち度だ。

「その鍵、確かめてみたいんだけど、お宅に伺ってもいいかな？」

「……はい、かまいませんが」

「じゃあ、あんたの持ってる家の鍵を貸してよ」

芹沢はポケットからキーケースを取り出し、素直にそれを手渡した。

「ありがとう。終わったら返すから」

受け取った南塚は、さっさと応接室を出ていった。

「ちょっ、南塚さん！」

またも無藤はひとりで芹沢に礼を言い、そそくさと南塚の跡を追った。

「やっぱり芹沢裕子の持ってた鍵も偽物なんですか」

追いついたところで南塚に尋ねると、

「まあ、間違いなくそうだろうな」

彼は手にしたキーケースを手渡してきた。

「確かめてこいよ」

「自分ひとりでですか」

「死人の出た家に行くのは怖いか」

「そんなんじゃないです。南塚さんはどうするんですか」

「俺は帰る」

南塚は、あっさりと言った。

「帰るって……」

「ふたりがかりでやる仕事でもないだろ。終わったら報告に来いよ。なんなら夕飯を一緒に食おう」

そう言うと、彼は通りに出て手を挙げた。ちょうどやってきたタクシーが停まる。

「ちょっと南塚さん、そんないきなり――」

「終わったら、その鍵を旦那《だんな》に返しておいてくれよな」

そう言いながら南塚はタクシーに乗り込んだ。すぐにドアが閉まり、発進する。

残された無藤は、その後ろ姿を眼で追うしかなかった。

「……たまんないな……」

呟《つぶや》く声は、風にまぎれた。

5

その日の午後七時過ぎ。

無藤は再び北小路邸を訪れた。

インターフォンを押すと、赤尾のいささか無愛想な声が応じる。名前を名乗ると門まで迎えに出てくれた。

「何度もすみません」

頭を下げると、

「いえ」

とだけ言って、屋敷に向かって歩きだす。無藤は大人しくついていった。

すでに陽は落ちていたが、玄関へと続く煉瓦《れんが》道は照明に照らされている。

「あの」

無藤は前を行く赤尾に声をかけた。

「赤尾さんは、このお屋敷に住み込みで働いているんですか」

「はい」

赤尾は短く応じる。

「ひとりだけで？」

「わたくしはまだ独身です」

「あ、いや、そういう意味ではなくて、他に働いているひとはいないのかなって」

「わたくしの他には、もうひとりおります」

「ふたりきりですか。大変ですね。こんな大きなお屋敷にメイドさんがふたりきりだなんて」

と、急に赤尾が立ち止まった。

「申し上げておきますが」

振り返り、凛《りん》とした声で言った。

「無藤様は誤解されています。わたくしも、もうひとりの使用人も、メイドではございません。特にわたくしは誤解されやすいのですが、メイドではありません。domestic servantです」

急に英語の発音をされて、無藤は戸惑った。

「ドメ……はい？」

「ドメスティック・サーヴァントです。日本語にすると家事使用人」

「それは、メイドとどういう違いが――」

「昨今の日本ではメイドという名称が歪《ゆが》んで使用されています。まるで接客業に携わる従業員か何かのように。わたくしは違います。このお屋敷の管理、補修、並びに調査研究に携わっております」

「調査研究？」

「わたくし、大学で建築史を学んでおります。特に明治以後日本に建築された洋館について研究することを生涯の目的としております。このお屋敷は格好の研究材料ですから仕事の傍ら調査をしているわけです」

「建築科の学生さんだったんですか」

なるほど、と無藤は頷《うなず》く。

「趣味と実益を兼ねて、というわけですね」

「趣味ではありません。わたくしにとっては一生をかけた仕事です」

赤尾はきっぱりと言った。

「はあ……どうも、すみません」

無藤は頭を下げる。

屋敷に入ると、今度は応接室ではなく大きなテーブルのある広い部屋に通された。

「こちらにてお待ちください。間もなくお食事の準備が整いますので」

「え？　食事、ですか」

「今日は無藤様もお召し上がりになられると南塚様から伺いました。間違いでしょうか」

「あ、いえ……」

夕飯を一緒に食おう、と言われたのは、どこかへ食べに行くのだと思っていた。まさかこの屋敷で食事に付き合わされるとは思わなかった。無藤はいささか戸惑う。

赤尾が行ってしまうと、彼はひとり残された。どうやら食堂らしいこの部屋は壮麗なシャンデリアと立派な調度に飾られた豪勢な空間ではあるが、それだけにひとりでいると疎外感が強い。自分が場違いなところにいるような気がしてならないのだ。

「まいったなあ……」

思わず呟いていた。

待つこと十分ほど。居たたまれなくなって、いっそのこと逃げてしまおうかと思いはじめていた頃、やっと南塚が姿を見せた。

「よお、待たせたな」

さして悪いとも思っていないような表情で食堂に入ってくる。昼間と同じラフな格好のままだった。

「南塚さん」

早速仕事の話をしようと立ち上がったのだが、言葉は途切れた。彼の後から北小路もやってきたからだ。

「夕食時に客人があるというのも久しぶりだな」

北小路はテーブルの一番奥の、あらかじめ椅子が引いてある席に座った。迷いのない動きだった。いつもそこに座っているのだろう。

南塚は無藤の向かいに腰を下ろす。

「なんか景気の悪い顔してるな」

「え？　自分がですか」

「他に誰がいるよ。捜査がうまくいかなかったか」

「いえ、そうじゃないんですが。南塚さん、それでですね――」

無藤が言いかけると、

「ちょい待ち。まずは飯を食おうぜ。仕事の話はその後だ」

と制した。

その声を合図にしたかのように、ひとりの男性がワゴンを押しながら食堂に入ってきた。

年齢は六十歳前後、背が高く、姿勢もいい。黒いスーツを身に着けて、見事な白髪はオールバックにまとめている。

「お待たせいたしました」

男性は深みのある声で告げると、ワゴンに乗せていた皿をそれぞれの前に置いた。

「前菜は鴨のテリーヌでございます」

パイ皮に包まれたペースト状のものに、インゲンやニンジンが練り込まれている。

皿が置かれるやいなや、南塚はナイフとフォークでテリーヌを切り分け、口に運んだ。

「いいねえ。美味《うま》い」

にっこりと微笑む。普段は見せない表情だ。

「黒沼《くろぬま》さんの腕、冴《さ》え渡ってるな」

「ありがとうございます」

男性は会釈した。

無藤もおずおずと料理を口に入れてみた。

「……美味《おい》しい」

鴨肉の味が口いっぱいに広がる。何か香辛料でも入っているのか、爽《さわ》やかな香りと辛味も感じた。

「この料理、黒沼さんってひとが作ったんですか」

「左様でございます。不束《ふつつか》な出来ではございますが」

男性は言った。それで気がついた。

「もしかして、黒沼さんって……」

「私のことでございます」

「黒沼は父の代からここで働いてくれている」

北小路が言った。

「今では料理だけでなく、洗濯や日常の庭仕事、事務や経理、渉外の仕事も任せている。彼がいなければ、この屋敷は立ち行かないだろう」

「恐縮です」

「ああ、じゃあ赤尾さんが言ってた『もうひとりの使用人』って、黒沼さんのことですか」

「そうだ。今はこのふたりに屋敷のことは任せている。本来ならこの規模の屋敷に使用人がふたりきりというのは不本意なのだが」

「時代が、変わりました」

黒沼が北小路の席のグラスにボトルの水を注ぎながら、

「かつてのように毎夜毎夜来客があり、住まわれているかたの数も多い時代でしたら、ふたりでは到底無理でしたでしょうが、今はこれで充分です。赤尾さんもとても有能なかたですし」

「でも麻結ちゃん、屋敷のことにしか興味ないだろ」

南塚が言う。

「彼女にコーヒーを淹《い》れてくれって頼んでも『これから階段の掃除がありますから御自分でお淹れください』とか言うんだぜ。メイドらしいことなんて、暇なときしかしてくれないんだもんな」

「メイドなんて言うと、またクレームが付きますよ」

黒沼がやんわりと言った。と、

「そのとおりです」

声とともに赤尾が現れた。彼女もワゴンを押している。

「わたくしはドメスティック・サーヴァントですと、何度も申し上げたはずですが」

「そうだな。そうそう。そのサーバントだ」

南塚が冗談めかして言うと、赤尾はあからさまにムッとした表情になって、いささか乱暴に空になった皿を取り上げた。

「どうぞ」

代わりに置いたのは淡い緑色のスープだ。

「青汁？」

「いいえ、ブロッコリーのポタージュです」

無藤の前にも同じ皿が置かれる。南塚のときよりは皿の扱いが優しいように感じられた。

「……いただきます」

スプーンで掬《すく》って口に入れてみる。青臭さなどは感じない、柔らかな香りと甘味が感じられた。

「これも美味しい……」

その後も黒沼と赤尾が交互に料理を運んできた。夏野菜を使ったサラダ、鱸《すずき》のアクアパッツア、そしてメインはラムチョップのロースト。付け合わせのブリオッシュに至るまで、ほぼ完璧《かんぺき》な料理が続いた。

「……いや、感服しました」

食後のコーヒーを飲みながら無藤は素直に感想を述べた。

「まるで一流のレストランで食事をしてるみたいでした。毎日こんな夕食を食べてるんですか」

「ああ、毎日これだ」

南塚はナプキンで口許《くちもと》を拭《ぬぐ》いながら、

「たまには鮭茶漬けとか食べたくなるよ」

「厭《いや》なら食べるな」

北小路が言った。

「黒沼は別におまえに食べてもらいたくて作ってるわけじゃないんだぞ。な？」

同意を求められ、ちょうど彼の前の皿を片づけようとしていた黒沼は苦笑を浮かべる。

「私は、喜んでいただければ、それで文句などありませんが」

おや、と無藤は思った。下げようとしているラムチョップが、まるで手を付けられていないのだ。

あんなことを言いながら、北小路自身は黒沼の料理に不満があるのだろうか。それともラムは嫌いなのか。いや、主人の嫌いな料理をわざわざ出すとも思えないが。

「それで、あれはどうなった？」

不意に南塚から声をかけられ、無藤の思考は途切れた。

「え？　あれって？」

「芹沢裕子の持ってた鍵《かぎ》だよ。合ったのか、合わなかったのか」

「合いませんでした」

無藤は正直に言った。

「たしかに芹沢裕子の遺体が持っていた鍵は偽物でした。今まで気がつかなかったのは警察の捜査の失態です」

「そのとおりだな。もう少し早く気づくべきだった」

「……はい」

言い返すことはできなかった。

「でもまあ、なかなか面白いんじゃないか。いろいろなことがわかって」

「どんなことですか」

「それくらい自分で考えろよ」

「は、はあ……」

あっさり言われ、無藤は悄気《しょげ》る。

「鍵が偽物にすり替えられていたという点から、あることが連想されるな」

代わりに言ったのは、北小路だった。

「こらこら、せっかく無藤に考えさせようとしてるのに」

南塚が抗議するが、彼は意に介さない。

「無藤君、水岡紗緒の事件を思い出してみるといい」

「水岡紗緒の……」

無藤はコーヒーカップを見つめながら、考えた。

「鍵……偽物……あ」

「思いついたか」

「はい。同じです。水岡紗緒の事件でも鍵がすり替えられていました」

「やっと気づいたか」

南塚が笑った。

「菅沼は紗緒さんの持っていた鍵を取り上げ、違う鍵を置いていった。本物の鍵でドアを閉め、後に証拠物件として保管していた偽物とまたすり替えた。今回のふたつの事件でも、犯人は被害者の所有する鍵を偽物と交換して、出入り口のドアを施錠している」

「そっくりですね。やっぱり三つの事件の犯人は同一ってことじゃ……」

「違う。紗緒さんを殺したのは菅沼だ。これは動かない事実だ」

南塚は言い切った。

「今回のふたつの事件は、紗緒さんの事件を模倣したものだよ」

「いわゆるコピーキャットってやつだ。誰かが菅沼の犯行をすっかり真似している」

「模倣……」

「そんな……どうしてそんなことを？」

「知るかよ。犯人に訊《き》け。まずは捕まえなきゃならんがな」

「そうですね……でも、どうしたら……犯人は何者なんでしょうか」

「今はわからん。だがある程度絞り込むことは可能だな」

「と、いうと？」

「だから、それくらい自分で考えろって。おまえ、他力本願な奴だな」

「……すみません」

「今の用法は間違っているぞ、浩平」

北小路が口を挟んだ。

「他力本願とは本来、仏の本願によって成仏することを言う。他人の力に頼ることではない」

「最近じゃこっちの用法のほうがメジャーなんだよ。言葉は生きてるんだ」

「だからといって誤用を何もかも認めてしまうという態度は容認できないな」

「何もかも認めるとは言ってない。ただ普通に使われるようになったものは容認してもいいと——」

「いや、そういう態度は――」

「待ってください！」

無藤は両者の言い合いを断ち切るように叫んだ。

「そういうことで喧嘩《けんか》している場合ではありませんよ」

「喧嘩ではない。論争だ」

「ああ、議論と諍《いさか》いを混同しないでほしい」

ふたりから窘《たしな》められ、無藤は理不尽さを感じた。どうして自分が怒られなきゃならないのだ？

「と、とにかく、犯人の絞り込みが可能なら、教えてくださいよ」

「しようのない奴だな。おまえは自分で考えるってことをしないのかよ」

「してますよ。でもよくわからないから……」

無藤の言葉に、南塚はあからさまな溜息《ためいき》をついてみせる。

「よく考えてみろ。今回の犯人は菅沼の犯行をじつに詳しく知っている。殺害方法から鍵のすり替えによる密室作りに至るまでな。細かく研究しているんだ」

「そう、ですね」

「では犯人はどうやって菅沼の犯行を知り、模倣することができたのか。わかるか」

「それは……情報を掻《か》き集めたんじゃないんですか。新聞とかニュースとかで」

「そうかもしれんな。だが、情報源がマスコミだけだとしたら、おかしなことがある。殺害された後で手首を切断され持ち去られたというのはともかく、凶器がネックレスのような細いチェーンだったという話、マスコミに洩《も》れてたか」

「……たしか、そこまで流してはいなかったと」

「ああ、秘密にされていた。それと鍵をすり替えて密室を作ったってことも、マスコミには知らせてない。報道もされていないはずだ。なのに犯人はその点まで模倣している。なぜだ？」

「なぜ……」

無藤は考え、そしてある可能性に思い至った。

「……まさか、犯人は警察内部の情報を知っているとか？」

「その可能性も、ひとつある。犯人は警察が極秘にしている情報を知っていた。誰か捜査関係者が他所《よそ》に洩らしたか、あるいは、警察内部に犯人がいるか」

「そんな……馬鹿な」

「考えられないことじゃない。現に菅沼は刑事だった」

「もうひとつ、可能性があるぞ」

北小路が言った。

「今度の犯人が前もって菅沼に殺害方法などについて教えられていた場合だ」

「俺が？」

一瞬、唖然《あぜん》とした顔になったが、すぐに南塚は笑みを浮かべた。

「たしかに、俺だって犯人の可能性はあるな」

「菅沼の犯行方法を何から何まで知り尽くしているからな」

「しかし、動機は？」

「そんなもの、いくらでも考えられる。水岡紗緒を失って自暴自棄になったとか、他の女を同じ目に遭わせてやりたくなったとか」

「強引だが、無理でもないな。じゃあ俺のこともしばらく監視しておくか」

「そうするといい」

本気か冗談かわからない会話だった。無藤は内心思った。

なんか、疲れる。

6

翌日、南塚は捜査本部に現れなかった。

「どうやらまた引き籠《こ》もりに戻ったらしいね」

亀岡に言われ、無藤は自分のことのように居たたまれない気持ちになった。

すぐにも連絡を取りたかったが、あいにく南塚は自分の携帯電話を持っていない。北小路邸に電話を入れてみたが、出たのは黒沼で、

――申しわけありませんが、南塚様はどなたともお話をしたくないと仰《おっしゃ》っておられます。

と、取り次いでもらえなかった。

「あんな奴、いなくてせいせいする」

不動は嗤《わら》う。

「口だけで動かない奴なんて屑《くず》だ」

違う、南塚さんは口だけのひとじゃない、と反論したかったが、自制した。ここで言い争っても意味はない。

その代わり、南塚の指示で調べたことについて報告した。このことは黙っていろとは言われなかったので、話してもいいだろうと判断したのだ。

「……というわけで、高田香里の場合も芹沢裕子の場合も鍵《かぎ》が偽物にすり替えられていたんです」

「なるほど。それは気づかなかったな。いや、捜査上の大きなミスだ」

亀岡の表情が引き締まる。

「しかしこれで密室の謎は解けるな」

「ええ、でも、どうして密室を作ったのかまではわかりませんが」

「そんなこと、犯人を捕まえて吐かせればいいんだよ」

不動が言った。南塚さんと同じこと言ってるな、と無藤は思う。もしかして、ふたりは案外似ているのかも。

「で、偽物の鍵は？」

亀岡に訊《き》かれた。

「預かってきています」

「よし、じゃあその出所を調べさせよう。不動君、頼むよ」

「了解しました。おい無藤、その鍵とやらを出せ」

横柄な口調が気に障ったが、無藤は大人しく鍵を渡した。

「たちどころに突き止めてやりますよ。無藤、ついてこい」

「あ、自分ですか？」

当惑気味に亀岡を見る。

「無藤君には別の仕事をさせるつもりだ。悪いが他の人間を使ってくれないか」

上司に言われ、不動は不承不承ながら、

「はあ、わかりました。よし、おまえたち、一緒に来い」

と、身近にいた捜査員を半ば強引に引き連れて会議室を出ていった。無藤は内心ほっとする。決して自分を南塚派だと思っているわけではないが、不動は少々苦手だった。あの体育会系の乗りにはやはりついていけない。

「それで管理官、自分は何をすればいいのでしょうか」

亀岡に尋ねると、彼は椅子の上で軽く伸びをしながら、

「もちろん、南塚君の補佐だよ。君はそれ専門だ」

「いや、でも南塚さんは誰とも話したくないって――」

「その程度の拒絶に負けるようじゃ、任務は果たせないね。もっとアグレッシブになってくれないと」

「はあ……」

「今すぐ彼に張り付くんだ。嫌がっても引っ込むな。いいね」

「……わかりました」

一礼し、会議室を出て行こうとする。と、

「無藤君、ひとつだけ」

亀岡に呼びかけられた。

「アグレッシブになってくれと言ったけど、ディフェンスも忘れないでくれよな」

「え？」

「自分の身は自分で守れってこと」

そう言うと、亀岡はわざとらしく微笑んだ。

「じゃ、いってらっしゃい」

「南塚様はいらっしゃいません」

赤尾は言った。

「今朝早くから、お出かけになられました」

「どこに？」

「伺っておりません」

無藤は北小路邸前で立ち尽くした。

「……ったく、どこに行っちゃったんだよ」

不満をあからさまにする彼に、赤尾は一通の封筒を差し出した。

「これを南塚様から言付かっております。無藤様がいらっしゃったらお渡ししろと」

封はされていなかった。その場で開いてみると、便箋《びんせん》が一枚だけ入っていた。

——菅沼の身辺を探られたし。

便箋に書かれているのは、この一行のみ。

「……どうしろと？」

「わたくしにはわかりません」

赤尾の返答は、にべもなかった。

音羽通りに出てコーヒーショップに入る。

椅子に腰を下ろしてアイスコーヒーを飲みながら、南塚の手紙をもう一度読み返した。といっても、たった一行だ。真意を探ろうにも情報が少なすぎる。

「南塚さん、いい加減すぎるよな」

独り言にも愚痴が混じる。

だが、と思いなおす。南塚は何度も「自分で考えろ」と言っていた。今回も同じことを言っているのかもしれない。自分で考えろと。

「でも、菅沼の何を……」

――今回の犯人は菅沼の犯行をじつに詳しく知っている。

南塚の言葉が甦《よみがえ》る。

そうだ。犯人は菅沼がどのように殺人を実行したか、その方法をよく知っていて模倣している。つまり情報を知りうる警察内部の人物かもしれない、という推測ができたのだ。

そしてもうひとつ、菅沼自身から事件の情報を仕入れることができた人間の仕業かもしれない、という可能性を北小路が指摘していた。

南塚の指示は、そのことなのか。菅沼の身辺を調べて、彼から犯行について教えられた人間がいないかどうか確認しろということなのか。

「……だったら、やってやろうじゃないか」

コーヒーを一気飲みして店を出る。が、そこで足が止まった。

調べる、とはいうものの、何から調べればいいのか。

コーヒーショップの前に突っ立ったまま、無藤は手帳を広げた。

以前に書き記しておいた菅沼のデータを読み返してみる。菅沼祐輔《ゆうすけ》享年三十五。足《あ》立《だち》区出身。独身。生前の住所は港区南麻布。

昔ほど厳格ではないにせよ、今でも独身の警察官は無藤のように独身寮に住むことが習わしになっている。しかし菅沼は独り暮らしを選んだ。しかもかなりな高級住宅地にだ。

同じ警視庁の刑事なのに、自分とは大層な差があるな、と無藤は思った。しかしそれも理由のあることだ。菅沼の実家は不動産業を営んでおり、バブル期にかなりの資産を得ていたという。バブル崩壊の際の傷も最小に抑えられたのか、今でもすこぶる羽振りがいいらしい。菅沼はその御曹司だったのだ。

「……そういえば、いい時計をしていたし、高そうな煙草も吸っていたよな」

生前の彼に、無藤は何度か会ったことがある。南塚が彼の犯行を指摘したときも、その場に居合わせた。いつも自信満々な様子で、南塚に自らの罪を暴かれても、それほど動揺はしていないように見えた。最後まで体裁を崩すことがなかったのだ。不思議な人間だった、と今になって思う。彼は一体、何者なのか。

一時間後、無藤は足立区島根の環七通り沿いにある小さなビルの一室にいた。名前は第二菅沼ビル。五階建てで一階にフレンチの店が入り、二階から上はすべて菅沼不動産の事務所となっていた。

その二階、キャバクラの店内かと見紛《みまが》うばかりに装飾された応接室の、これもまた無駄に豪華なソファに腰かけて待っていると、

「お待たせしましたな」

入ってきたのは小柄ででっぷりと太った男性だった。

今年七十歳と聞いているが、肌艶《つや》はいい。髪一本生えていない頭部など、天井のシャンデリアに照らされて眩《まばゆ》いばかりに輝いている。白い口髭《くちひげ》は整えられ、鼈甲《べっこう》の眼鏡と共に存在感を主張していた。身に着けているのはライトグレイのスーツ。体にしっくりと馴染《なじ》んでいる様子を見れば、オーダーメイドであることは一目瞭然《いちもくりょうぜん》だった。

彼の名前は、菅沼恒明《つねあき》という。

無藤は立ち上がり、一礼した。

「突然にお邪魔しまして、申しわけありません」

　対する恒明は、

「いや」

　とだけ言って向かい側に腰を下ろした。

　それを待っていたかのようにまたドアが開き、若い女性が銀のトレイを持って入ってきた。そして無藤と男性の前にコーヒーのカップを置く。

　恒明はカップを手に取り、大仰に香りを嗅《か》ぐ仕種《しぐさ》をしてからコーヒーを音を立てて啜《すす》った。

「いい豆です。ベネズエラから取り寄せました。飲んでみてください」

　言われるまま、無藤もコーヒーを啜る。

「……たしかに、いい香りです」

　自分の好みからすると酸味が強すぎる気がしたのだが、そう答えておいた。恒明は満足そうに頷《うなず》く。

「それで、今日は何の御用ですかな？」

「はい、じつは菅沼祐輔さんのことで少し伺いたいことがありまして」

　それ以外の用件ではあり得ないことは、相手も察しているはずだった。それでも恒明は意外そうな表情を見せる。

「今更、何をお聞きになりたい？　息子はもう、この世にはおらんのですよ」

「わかっています。でも、生前の祐輔さんについて知りたいんです」

「ふむ……」

恒明は納得できないといった風に猪首《いくび》を傾げてみせる。

「息子の件では、私も私の家族も大いに傷つきました。世間様からは白い目で見られ、マスコミに痛くもない腹を探られもした。正直なところ、もう放っておいてほしいという気持ちです。それは許されないことですかな？」

「申しわけありません。しかし、現在進行中の事件の捜査のため、どうしても御子息のことについて調べなければならなくなったのです。是非とも御協力ください」

座ったまま、無藤は頭を下げた。ここは下手に出るしかない。

「現在進行中？　あの事件は、もう終わったのでは？」

「詳しいことは捜査上の問題から申し上げられませんが、別の事件を解決するために、あらためて御子息の起こした事件について調べなければならなくなったんです。お願いします」

さらに深く、頭を下げる。

「……何をお聞きになりたいんですかな？」

そう言われ、やっと顔を上げた。

「いくつかあります。まずは御子息がなぜ水岡紗緒さんを殺害したのか、その真意について何か手掛かりになることを御存知ありませんか」

「その件については、すでに警察に何度も何度も訊《き》かれましたよ」

うんざりといった表情で、恒明は言った。

「しかし私たちには何もわからんのです。あのふたりは、うまくいっていると思っていました。少なくとも息子に水岡さんを殺さなければならない理由があるとは、今でもどうしても思えない」

「おふたりは、あなたの紹介で出会われたと聞きましたが、そうなんですか」

「ええ、私が水岡さんの後援会の会長をしておりまして、その関係で息子に紹介したんです。といっても、最初から結婚させようと思って引き合わせたわけじゃありません。水岡さんのことも、いくつか引き受けている後援会のひとつとしてしか認識しておりませんでしたしね」

「そういう後援会を、いくつも作っていらっしゃるのですか」

「私みたいな立場になると、いろんな依頼が来るもんですよ。まあ、音楽については嫌いではありませんから、請われたら引き受けておりますけどね。彼女の他にもピアニストをもうひとり、バイオリニストをふたり、それから演歌の歌手とアイドル歌手をひとりずつ。どれも有名ではないが、見どころのあるひとたちばかりです。他にも町内会の会長とか、商工会議所の支部副会長とか、いろいろやっとります」

「それは大変ですね」

　半ば自慢話だとわかっていたが、調子を合わせておく。

「それで水岡さんと御子息のことですが、最初に結婚を言い出したのは、どちらですか」

「息子のほうです。いきなり結婚を考えておると言われて、びっくりしました。いつの間に付き合っておったんだと」

「御存知なかったのですか」

「知らなかったどころか、紗緒さん本人も最初はその気がなかったそうでね。私に話をするのと彼女に結婚を申し込むのがほとんど同時だったそうです」

「いきなり結婚を申し込んだんですか。水岡さんの反応は？」

「そりゃびっくりしたでしょうよ。それまで数回、それも私と同席のときに顔を合わせたくらいの間柄でしたからな。息子に言わせると、最初に会ったときから結婚を決めていたそうですが」

「ずいぶんと性急ですね。それで水岡さんは承知されたわけですか」

「承知したから婚約したんですよ。まあ彼女にとっても悪い話じゃなかったですし。プロとはいえ、コンサートで生計を立てられるほどの腕前ではなかった。だからピアノ教室を開いて子供たちに教えておったのです。しかし昨今の不況で生徒も減ってきて、経営はあまり芳しくなかったようでしてな、息子と結婚して家庭に入るというのは、渡りに舟だったと思いますよ」

「なるほど。ではふたりの婚約には特にトラブルはなかったわけですね？」

「まあ、ね。正直にいえば女房があまりいい顔をしておりませんでしたが。息子には刑事なんか辞めて、うちの会社の経営に身を入れてほしかったし——これはまあ、私の願望でもありましたが——それに息子の嫁は自分で決めるつもりでもあったようです。しかし頑強に反対しておったわけではありませんし。先方の親御さんも賛成してくださっていたので、特に問題はありませんでしたよ」

そう言ってから、恒明は大きく溜息《ためいき》をついた。

「……だから、いまだにわからんのです。どうして祐輔があんなことをしたのか……本当にあいつが紗緒さんを殺したのか、本当のところは疑っております。だってそうじゃないですか、あいつが婚約者を殺さなきゃならない理由なんて、これっぽっちもないんだから。ねえ刑事さん、今になって調べ直してるってことは、本当は警察も息子が犯人じゃないと思ってるからなんじゃないですか。違いますか」

「いえ、それは……」

無藤は口籠《ご》もる。それを肯定の意味に受け取ったのか、恒明は身を乗り出した。

「やっぱりそうなんですか。本当の犯人は別にいるんですな」

「いや、そういうことじゃないんです」

慌てて否定する。

「ただ、現在起きている事件に御子息が関係しているかもしれないという疑惑がありまして——」

「紗緒さん以外にも息子が人殺しをしたというんですか⁉」

「違います違います。そうではなくてですねえ……」

困惑した無藤は、結局高田香里と芹沢裕子の事件についてのあらましを話すことになった。

「……とまあ、こういう事件が起きてまして、その状況が御子息の起こした事件に類似していることから、あらためて洗い直しをしているわけです」

「その事件のことなら私もニュースを観ましたが……しかし、もしかしたら紗緒さんの事件も、その事件と犯人が同じかもしれませんな。つまり祐輔は犯人じゃない」

「それはしかし、申し上げにくいことですが、あり得ないと思います。御子息は自分の犯行であることは認めたのですから」

「当初は自分がやったと自供して、じつは無実だったという事件もいくつかあるじゃないですか。警察の執拗《しつよう》な尋問に耐えかねて嘘の自白をしてしまったとか」

「御子息の場合に限って、そういうことはありません。明白な証拠もありましたし」

「そんな、証拠なんか……」

　恒明は苦々しい表情で首を振る。

「やっぱり息子は、祐輔は犯人じゃない。あいつの自殺は、抗議の自殺だったんだ」

　まいったな、と無藤は困惑する。余計な疑心を抱かせてしまった。

「とにかくですね、その、今は未解決の事件について捜査をしているところでして、そのためにも御子息のことをもっと詳しく知りたかったんですが……」

「祐輔の冤罪《えんざい》を晴らすためだったら、何でも話します。何を話せばいいですか」

「いえ、その……」

　どうしようか。どうやら彼は有力な手掛かりを持ってはいないようだった。これ以上話しても、誤解を重ねるだけかもしれない。

「その……じゃあ、御子息と水岡さんのことについて、よく御存知のかたは他にいませんか。共通の友人とか」

「そういう人間は、いなかったと思います。なにせふたりとも付き合って間がなかったですし……ああ、そういえば」

　ちょっと失礼、と言って恒明は立ち上がる。そのまま応接室を出て行き、数分後に戻ってきたときには一枚の名刺を持っていた。

「息子の幼馴染《おさななじ》みです。ずっと付き合いがあって、紗緒さんとのこともいろいろ知っていたらしい。彼に聞けば、何かわかるかもしれない」

名刺には「公認会計士　東田友昭《つかだともあき》」とあり、品川区西大井の住所と電話番号が記されていた。

「菅沼とは中学校から一緒でした。高校大学は違っていたけど、結構つるんでましたよ」

東田友昭は言った。

菅沼と同級生なら今年三十五歳のはずだが、もっと年上に見える。頭頂部あたりまで禿《は》げ上がっているせいか、あるいは地味な灰色のスーツを着ているせいか。

東田とは彼が所属している公認会計士事務所で会った。西大井広場公園の北側にある、少しばかり古びたビルの一階に、その事務所はあった。

「昔から上昇志向、権力志向の強い奴でした。いずれは国を動かすような人間になりたいと言ってましたよ。だからあいつは政治家か官僚になると思ってました。刑事になったと聞いたときには、ちょっとびっくりしましたね」

「どうして菅沼さんは刑事になったんでしょうか」

無藤が尋ねると、東田は首を傾げて、

「詳しくは知りませんが、結局はI種試験に落ちたのが理由じゃないですかね。それでキャリアへの道は鎖《とざ》されてしまった。となると、あいつにできるのは実力で伸し上がれる仕事を選ぶことだったんじゃないかと思います」

「それが警察官だったと」

「そういうこと。今から思えば、あいつらしい選択だったかもしれない」

そう言って、束田は茶を啜《すす》った。

「あいつはいつもそうだった。中学のときも生徒会長の選挙に立候補したけど、次点で落選した。そして副会長という仕事に就いて会長以上に目立つ働きをしてました。トップに立とうとしては挫折《ざせつ》し、ナンバー2の地位に甘んじながらもできるだけ自分をアピールしようとする。悪い奴ではなかったが、そういう哀れさはありましたね」

「哀れ、ですか」

「そんなこと言ったら、あいつ怒るかもしれませんがね。僕の眼に菅沼のことがいじましく感じられたのは事実です」

話を聞きながら、無藤はふと思った。身に着けるものや嗜好《しこう》品に高級志向があったのも、そうしたいじましさ故なのだろうかと。

無藤は話題を変えた。

「水岡紗緒さんにはお会いになったことがあるんですか」

「ええ、菅沼の親父さんに招待されてピアノリサイタルに行ったことがありますし、菅沼と婚約してから三人で会ったこともあります」

「どんなかたでしたか、水岡さんは」

「きれいなひとでしたよ。よく美人を例えて『お人形さんみたい』とかって言うことがあるでしょ。まさにそんな感じでした。フランス人形みたいだった。肌が白くて顔立ちが良くて、背もすらっと高かった。見映えのするひとでしたね」

「菅沼さんと水岡さんの仲は、どう見えました？　後の事件を予感させるようなことはありませんでしたか」

「どうかなあ……じつは事件が起きて菅沼が犯人だとわかってから、僕もずっと考えてはいたんです。本当にあいつが紗緒さんを殺したのか、じつは別に犯人がいるんじゃないかってね」

またか、と無藤は警戒する。恒明のように菅沼が犯人ではないと言い出すのかもしれない。

束田は言った。

「で、考えに考えた結果、やっぱりあいつが紗緒さんを殺したんだろうなと思いました」

意外な答えだった。

「それは、どういう根拠で？」

「根拠と呼べるほどのものではありません。ただ、あいつなら自分が大切にしているものを壊すこともあり得るだろうなと思っただけで」

「大切にしているものを、壊す？」

「これも中学の頃の話ですが、生徒会副会長の菅沼が中心になって学校の緑化運動が進められたんですよ。荒廃状態だった花壇を直して花を植えようってね。あいつが中心になって土を耕し直したり囲ってるブロックを積み直したりして、そしてきれいになった花壇に花の苗を植えました。パンジーだったかな。結構華やかになりました。花の世話をする係も決めて、順調に育ってました。ところがある日、その花が全部踏み潰《つぶ》されているのが見つかりました。全滅です」

「ひどい話ですね」

「ええ。みんな落胆してましたよ。菅沼なんて半分泣きながら『こんな非道は許されない。俺は犯人を絶対に許さない』と花壇の前で演説してました」

「花壇を荒らした犯人は、見つかったんですか」

「いいえ。結局わからず仕舞いです。花は再度菅沼たちの手で植えられ、今度は無事に育ちました」

そこで東田は言葉を切った。無藤はなんとなく不穏なものを感じながら、

「それで、その話にどういう関係があるんですか」

と尋ねる。

束田は少し躊躇《ちゅうちょ》するような表情を見せ、それから言った。

「花壇の花が踏み荒らされていることがわかった朝、僕は菅沼と一緒に登校してました。下駄箱で靴を脱ごうとしたとき、花壇が荒らされていると騒ぎになりました。菅沼は脱ぎかけていた靴を履き直して花壇に向かっていった。そのとき、僕は見たんです」

「何を、ですか」

「走っていく菅沼の靴底から、土が剝《は》がれ落ちるのを。その土が、黄色かった。何だろうと思って見つめました。それは土に混じっていた花びらだったんです。黄色い、パンジーの花びら」

束田が言おうとしていることが、そのときわかった。

「花を踏み潰したのは、菅沼さんだったと?」

「断定はできません。もしかしたら花の世話をしているときに落ちた花びらを踏みつけただけだったのかも。でも、そうじゃない可能性もあると思ったのは、それからしばらくしてからでした」

「でも、でも花壇を整備して花を植えたのは菅沼さんでしょ。どうして彼が大切にしている花を――」

――あいつなら自分が大切にしているものを壊すこともあり得るだろう。

先程の東田の言葉を思い出した。

「大切にしているから、踏み潰した、と?」

「そんな人間が本当にいるのかどうか、わかりません。菅沼は基本的には気のいい奴で、だから僕も長く友達付き合いしてきました。でもときどき、あいつのことがわからなくなることもあったんです」

東田は複雑な表情を浮かべる。

「それに花壇の場合は、ちゃんとした理由も思いつきました。じつは菅沼の緑化運動は最初の頃、あまり支持されなかったんです。やりたい人間が勝手にやればいいという雰囲気で、賛同者も少なかった。しかし植えた花が踏みにじられたとき、学校中で同情の声があがりました。がぜん注目されるようになったんです。再度花を植えようとしたときには、苗を買う寄付金も集まったし、手伝おうとする生徒たちも増えました。そしてもちろん、菅沼に対する人気も高まった。翌年、彼は堂々と生徒会長選挙に再挑戦して、今度はめでたく当選を果たしました」

「何もかも、菅沼さんの思惑どおりになった、というわけですか」

「結果的にはね。もしもそれがあいつの計画だったとしたら、ずいぶんな策士だと思いますよ」

「しかし……しかし水岡さんの場合は？　花を踏み潰すのと人を殺すのとでは意味が違う」

「もちろん、そうです。でも、もしかしたらあいつには同じことだったのかもしれない。大切なものを自らの手で駄目にしてしまう。そのことでもっと大きな何かを得られるのだとしたら」

「大きな何か……」

「それがどういうものかなんて、聞かないでください。僕にもわかりません。これはただの想像です。二十年近く菅沼と付き合ってきた人間の想像です」

「想像、ですか……」

東田の言葉を、無藤は繰り返した。

7

南塚を捕まえることができたのは、翌々日のことだった。

その前日にも北小路邸を訪れたのだが、彼は不在だった。無藤はやきもきしながら無為に時を過ごすしかなかった。

その日も捜査本部に出勤して、南塚から何の連絡もなかったことを確認し、捜査会議の後でもう一度北小路邸へ行こうと決めたところだった。

目の前の電話が鳴った。無藤は無意識に受話器を取った。

「もしもし、こちら――」

――その声は無藤だな。

耳慣れた声だった。

「南塚さんですか⁉」

――当たり。アイスクリームもう一本。

「何の話してるんですか。それより、今どこに？」

――もちろん家だよ。黒沼さんの美味《おい》しい朝食を食べたところ。いや、この時間だとブランチかな。

「今頃起きたんですか。それで、今日はこっちに来るんですか」

――いや、特にそっちですることもないしな。

「ありますよ。ちゃんと捜査してください」

――そんなもの、言われなくてもやってる。おまえこそ俺の指示したこと、ちゃんとやってるか。

「やりましたよ。その報告もしたいんです。だから署に――」

――わかった。じゃあ、こっちに来てくれ。

無藤の話を皆まで聞かず、南塚は言った。

――ついでだから、来るときにはヨックモックのシガールを買ってきてくれよな。三十六本入りのやつ。じゃ、頼むよ。

言うだけ言って、勝手に電話が切られた。

「南塚さん？　もしもし？」

呼びかけてみても、返ってくるのはツーツーという無情な音だけ。

「……くそぉ」

無藤は受話器に悪態をついた。

門まで出迎えてくれたのは黒沼だった。

「すみません。しょっちゅうお邪魔してしまいまして」

「いいえ、南塚様のお客様でしたら、準様も歓迎していますよ」

柔らかな笑みを浮かべ、黒沼は門を開けてくれた。

「あの、今日は赤尾さんは？」

「大学に行っています」

「……ああ、そういえば大学生でしたね」

「若いのに熱心なひとですよ。しかもよく働いてくれます」

屋敷までの道を歩きながら、無藤は黒沼の話を聞いた。

「講義のないときはずっと屋敷の仕事をしてくれてますしね。しかも古い資料の整理まで請け負ってくれています。彼女のおかげで屋敷の歴史や修復の経緯など、埋もれていた事実もいくつか明らかになりました。研究者としても有望です」

「そうなんですか。本当にこういう屋敷のことが好きなんですね」

「幼い頃に絵本で西洋館を見て憧《あこが》れ、中学の修学旅行で神戸の西洋館を訪れて魅了されたそうです。以来日本の西洋館の歴史や構造を研究することと、そうした館に住むことを夢にしてきたのだとか」

「じゃあ、今は夢が実現したわけですね」

「でしょうね。その点では、私と同じです」

「同じ？」

「私も子供の頃から、こういうお屋敷に住むことが夢でした。石と煉瓦《れんが》の大きなお屋敷にね。だから今、とても充実していますよ」

「黒沼さんは北小路さんの先代の頃から、ここで働いているんですよね」

「ええ、先代の北小路篤志《あつし》様に拾われて、ここで働かせていただくことになりました」

歩きながら、黒沼は語った。

「私は浦和の貧しい家の出でして、中学を出るとすぐに東京に出て、レストランで働きはじめました。その後、いくつかの店を渡り歩いて修業し、三十五歳で自分の店を持つことができました」

「オーナーシェフだったんですか」

「そういうことです。その頃の私は、いい料理さえ作れば客が集まって店が繁盛すると信じていました。だから妥協しないで自分のやりたいことをやり通しました。その結果、店の評価は上がり、ある程度のお客様が来てくださるようになりました。それで有頂天になってしまった。店舗をいくつも作り、事業を際限なく拡大しました。レストランだけでなくマンション経営にまで手を出したんです。ちょうどバブルが真っ盛りの頃。日本も私も浮足立っていました」

そう言うと、黒沼は笑みを浮かべた。

「結末がどうなったか、予測できますでしょ。バブルが弾《はじ》けて店の経営は傾き、土地を購入するために作った借金は焦げつきました。あれよあれよと言う間に莫大《ばくだい》な借金を抱え込んでしまった。妻にも去られ、まわりは敵ばかりになりました。文字どおり天国から地獄へと真っ逆様です。正直、首を括《くく》ってしまおうかと何度か思いました」

屋敷の前で、黒沼は立ち止まる。そして白煉瓦の建物を見上げながら、

「そんなときに北小路篤志様と出会いました。篤志様は私の料理人としての腕を惜しまれ、借金の返済についても力を貸してくださいました。私は必死に働きました。傾いた店を建て直し、余計な土地を処分し、できることは全部やりました。おかげで十年後には借金を返済し、あらためて店を開くこともできたんです。すべては篤志様の力添えあったればこそです。しかし私が御恩返しをと思った矢先に、篤志様は亡くなられてしまいました。このことが何よりも悔やまれてなりません。だから私はこのお屋敷と準様をお守りするため、ここに住まわせていただくことにしました。今は店の経営を信頼している部下に任せ、私はこのお屋敷のことに専念しています。かつての私は料理しかできない料理馬鹿でしたが、いくつかの経験をしたことで財産管理や折衝についての知識も持つことができました。それを現在はお屋敷のために役立たせていただいております」

「……なるほど」

無藤は感心しながら頷《うなず》いた。人に歴史あり、だな。

「無駄話をしてしまいまして、申しわけありません。南塚様がお待ちです」

黒沼は気持ちを切り換えるようにそう言うと、無藤を屋敷内に引き入れた。

「だからさ、彼みたいな例もあるだろうが。科学と文学は決して相容《い》れないものじゃないと思うぞ」

応接室のほうから声がした。

「それは違うな。彼の真の業績は科学分野にこそある。特に形の物理学における研究は画期的だった。それに比べたら彼の随筆など、別にどうということはないな」

「それは聞き捨てならんな。彼は科学の啓蒙《けいもう》のためにもかなりの文章を書いている。それのおかげで科学の面白さに目覚めた日本人だって大勢いたはずだ」

「啓蒙！　啓蒙してもらわなければ科学の重要性に目覚めない人間など、結局のところ科学とは無縁でしかない。真のインテリゲンチャとは自らの力で科学の真価を知ることができる者だ」

応接室では思ったとおり、南塚と北小路が論戦を繰り広げていた。ふたりが座る席の前には『寺田寅彦《てらだとらひこ》全集』とタイトルが書かれた本が置かれている。

「失礼いたします。無藤様をお連れいたしました」

黒沼が一礼する。すると南塚はそれまでの口論など忘れたかのように、

「おお、来たか。シガール、持ってきたか」

「買ってきましたよ」

本の隣に持ってきたペーパーバッグを置く。南塚は中の紙包みを取り出すと、もどかしげに包み紙を引き裂く。出てきたスチール製の青い箱を開けると、葉巻状に丸められた袋入りの薄焼きクッキーが並んでいる。その一本を取り出し、袋を開けるのも

もどかしげに口に放り込む。

「……おお、これこれ。これだよ。サクッ、ホロッ。この食感、たまらんな」

御満悦、といった笑顔を見せた。

「そんなに好きなんですか」

いささか呆《あき》れ気味に訊《き》くと、

「彼は昔から、この菓子さえあれば満足なんだ」

北小路が答えた。

「お飲み物をお持ちしましょうか」

黒沼が言うと、二本目に手を伸ばしていた南塚は、

「おお、頼む。コーヒーを持ってきてくれ」

「承知しました」

黒沼は応接室を出ていった。

「無藤、おまえも食べろ。美味《うま》いぞ」

「はあ」

勧められるまま、彼も一本口に入れた。

「な、美味いだろ？」

「ええ、まあ……」

無藤は頷く。子供の頃から食べ慣れている菓子だ。嫌いではないが、それほど思い入れもないのだった。

「ところで南塚さん、昨日一昨日《おととい》とどこに行ってたんですか」

「金沢だ」

文字どおり葉巻のようにシガールを銜《くわ》えたまま、南塚は言った。

「冬もいいが、夏の兼六園も趣があっていいぞ」

「行楽ですか⁉ 行楽してきたんですか。捜査してたんじゃないんですか」

「行楽もしてきた。捜査もな」

美味そうにシガールを嚙《か》み砕きながら、南塚は言った。

「兼六園の近くに水岡製麵《せいめん》という饂飩《うどん》の麵を作っている会社があるんだ。そこに行ってきた」

「水岡……って、もしかして？」

「紗緒さんの実家だよ。両親に会ってきた」

「そうだったんですか。それで、何かわかったんですか」

「ああ、大きな収穫だった」

南塚は頷く。

「紗緒さんの墓の場所を教えてもらえたんだ。さっそく花を持って行ってきた」

「墓参り、ですか」

「そうだ。紗緒さんの墓の前で手を合わせて、俺の気持ちを切々と訴えてきた。きっと彼女にも通じただろう」

「何言ってるんですか!? 墓参りなんて捜査とは関係ないじゃないですか」

いきり立つ無藤に、

「わかってないな、おまえは」

南塚は憐《あわ》れむような視線を向ける。

「俺は当事者の紗緒さんの話を聞こうとしたんだ。立派な捜査だろう?」

「な……冗談はよしてくださいよ。死人と話なんかできるわけないじゃないですか!」

無藤は叩《たた》きつけるように言った。南塚は困ったような表情で、

「だってさ。どう思う?」

と、北小路に視線を向けた。

「まあ、それが常識的な見解だろうな。死んだ人間とコミュニケートできると思っているのはオカルト主義者か、生と死の区別もつかない愚か者か、あるいは……」

「あるいは?」

「本当に死者とコミュニケートできた者だけだ」

「……まさか、本当にそう思うんですか」

無藤はいささか愕然《がくぜん》とした。北小路のことを理系でガチガチの現実主義者だと思っていたのだ。

「北小路さんも、本気で死人と話ができると思うんですか」

「それは、だな……」

北小路が躊躇《ちゅうちょ》するような顔つきになる。

「まあ、僕の主義としてはあまり、いや、絶対に認めたくないことではある」

「ですよね！　そんなこと、あるわけがない」

「ああ、そうだな」

北小路は頷く。

「あるわけがない」

「そんなこと言っちゃっていいのかよ」

南塚が面白がっているような表情で、北小路に言った。

「いいさ。僕は幽霊なんか信じてないんだから」

「そうか。ま、俺にはどっちでもいいことだけどな」

「そうです。どうでもいいことです」

無藤は言った。

「それで南塚さん、紗緒さんの両親から聞いたのは、お墓の場所だけなんですか。他に何か聞かなかったんですか」

「他に？　どうだったかな……まあ、世間話のついでみたいに聞いた話ならあるが。紗緒さんが菅沼のことを怖がっていたかもしれないって話とか」

「怖がっていた？　どういうことですか」

「あんまりはっきりした話じゃない。事件が起きる半月くらい前に会ったとき、ちょうど結婚式の衣装合わせの日だったそうだが、紗緒さんと食事をしていたときに、ちらっとそんなことを言ったんだそうだ。『最近ちょっと祐輔さんのことが怖くなるときがある』ってな」

「それはまた、どうして？」

「両親も訊いたんだが、『特に理由はない』と言われたそうだ」

「理由もなくて婚約者を怖がったりしますかね」

「どうだろうな。俺は婚約なんかしたことないから、わからん」

「そういう問題じゃないでしょ。もっと突っ込んで訊いてみなかったんですか」

「突っ込むも何も、両親はそれくらいしか情報を持ってなかったからな。俺もあんまり気にしなかったし」

「気にしてください。もしかしたら重要な手掛かりかもしれないじゃないですか。誰か、他に紗緒さんの事情を知っている人間はいないですかね？」

「それなら捜査資料の中に音楽大学時代からの友人ってのがあったぞ。富田《とみた》……小雪《こゆき》だったかな」

「ちょっと待ってくださいよ」

無藤は自分の手帳を開く。

「えっと…………あ、ありました。富田小雪。紗緒さんが殺害された日、彼女と会う約束をしていた人物ですね。待ち合わせの場所に来ない紗緒さんのことを心配して彼女が住むマンションまで行ったら、鍵《かぎ》が掛かったままだった。インターフォンに応答もしないし、携帯電話にかけても応じない。不審に思って警察に連絡をした結果、遺体を発見したという。第一発見者みたいなものですね」

「彼女なら、詳しいことを知ってるかもしれないな。かも、だけど」

「そうですね。当たってみます」

無藤は手帳に「富田小雪」とあらためて書き記した。

「それで無藤、おまえのほうの捜査はどうだったんだ？」

「そうそう、菅沼の父親と友人に話を聞いてきたんですけどね」

と、恒明、束田に聞いた話を南塚に話した。

「菅沼には自分の大切なものを敢《あ》えて壊してしまうところがあったのかもしれません。

だから自分から結婚を望んだ相手を殺してしまった」

自分の想像を明かしてみたのだが、

「ふうん……」

南塚の反応は薄かった。

「どうでしょうか、自分の考えは？」

重ねて訊《き》いてみても、

「ま、いいんじゃないの」

としか言わない。

「いいんじゃないのって、どういう意味ですか」

さすがにムッとした。

「南塚さんの考えはどうなんです？」

「俺？　俺は別に、どうってこともない」

気のない返事をしながら、何本目かのシガールを手に取る。

「僕はちょっと、疑問に思うな」

それまで黙ってふたりの会話を聞いていた北小路が言った。

「疑問って何ですか」

勢い、彼にもむきになった訊きかたになってしまう。

「お待たせしました」

そのとき、黒沼が銀のトレイを持ってやってきた。三人分のコーヒーカップをそれぞれの前に置く。無藤も気持ちを静めた。

「インドモンスーンのいい豆が手に入りましたので」

何の話かわからなかったが、カップを口許《くちもと》に持っていったとき気づいた。普通のコーヒーとは香りが違う。啜《すす》ってみると、風味も別物だった。

「これ、スパイスか何か入ってます？」

「いえ、こういう味わいのコーヒーなのです」

「インドでコーヒー豆をモンスーンと呼ばれる季節風に晒《さら》して乾燥させると、こういう風合いになる」

北小路が説明した。

「僕の好みだ」

「俺はインスタント派だ」

南塚は言う。

「どうしてもって言うなら、モカやキリマンジャロみたいな酸味のある豆のほうが好みだがな」

言いながら南塚はコーヒーを啜る。と、その眼が丸くなった。

「南塚様にはモカ・マタリを」

さり気なく、黒沼は言う。

「わかってるじゃない」

南塚はにんまりとした。

「あんまりこいつを甘やかすな。どうせ味なんてわからない。手間をかけずに同じものを飲ませておけばいい」

北小路がカップを前にしたまま、言った。

「そういうおまえだって、昔はインスタントコーヒーをビーカーで淹《い》れて飲んでたろうが。おまえのほうが味なんてわからないだろうに」

南塚に言われ、北小路はムッとした顔で、

「古い話を持ち出すな。たしかに高校の頃はコーヒーなんてインスタントでも何でも同じだと思っていたが、大学時代にコーヒーの本当の美味《うま》さがわかった。君のように舌に進歩のない人間とは違う」

「言ってくれるな。俺だって結構舌が肥えてきたんだぞ。子供の頃に食べられなかった銀杏《ぎんなん》とか茗荷《みょうが》とか好きになったし」

「僕は幼稚園の頃から銀杏好きだった」

なんか不毛な言い合いしてるよなあ、と無藤はコーヒーを啜りながら思った。そろそろ軌道修正しなければ。

「それよりも北小路さん、さっき言ってた疑問に思うことって何ですか」

あらためて尋ねると、北小路は思い出したように、

「そうそう、そのことだ。無藤君による菅沼の精神的傾向についての考察は、いささか混乱していると思う。中学時代の花壇の話が束田という人物の考えるとおり菅沼の仕業だったとして、それは生徒たちに花壇のことを注目させ、自分に対する好感度を上げ、ひいては次期生徒会長の座を射止めようという、きわめて打算的な行為だったわけだ。つまり彼にとって花壇の復興などというものは手段でしかなく、目的のためなら文字どおり踏みにじっても惜しくないものだった。それをもって彼が『自分の大切なものを敢えて壊してしまうところがあった』と評するのは無理があるのではないかな」

「なかなかいいとこ突いてるじゃないか名探偵」

南塚は茶化すように言った。

「僕は探偵なんかじゃない。ただ論理的に考えて矛盾を指摘しているだけだ」

北小路は反論する。またふたりの掛け合い漫才になりそうな予感がしたので、無藤は口を挟んだ。

「じゃあ紗緒さんの場合も、菅沼は打算的な考えで犯行に及んだということですか」

「そう考えたほうが理に適《かな》っている。彼は紗緒さんを亡き者にすることによって、より大きな利益を得ることができたはずだ。その利益とは何か、という観点から調べてみるといいと思う」

「利益、ですか。わかりました。調べます。北小路さん、ありがとうございました」

「なんでこいつに礼を言うんだよ。部外者なのに」

南塚が言う。

「有意義な意見を聞かせてもらえたからですよ」

「有意義、ねえ。ま、いいけど」

その言いかたが、無藤には負け惜しみのように聞こえた。

8

上野駅近くのホテルに到着したのは、翌日の午後二時十分前だった。

日曜のホテルは、比較的空《す》いていた。

ラウンジに入り座って待っていると、二時ちょうどに女性がやってきた。

三十歳という年齢と外見の印象にほとんどずれはない。ショートにした髪は手入れが行き届いているようで、化粧も品良くまとめている。身に着けているのは淡い水色のブラウスに濃紺のスカート。提げているバッグがプラダのものであることは、エンブレムでわかった。

無藤が立ち上がると、女性は近寄ってきた。

「無藤さんですか」

「はい、富田小雪さんですね？」

「そうです。わざわざこんなところに来ていただいてすみません」

「いいえ、かまいません」

自分の家に刑事を入れたがらないのは、理解できる。制服警官のようには目立たないとはいえ、やはり近所の目が気になるのだろう。

席に着き、無藤はアイスコーヒーを、小雪はアイスティーを注文する。

「紗緒のことは、もう終わったことだと思っていました」

ウエイトレスがいなくなってから、小雪は言った。

「警察では、まだ捜査をされているんですか」

「ええ、まあ」

無藤は曖昧《あいまい》に答える。

「菅沼祐輔があんなことになってしまったので、真相が不明なままなんです。なので捜査を続けているわけでして」

「そうですか……紗緒のためにも、何もかも明らかになったほうがいいんでしょうけど……でも正直、今はあまり考えたくないんです」

「お察しします。辛《つら》いことを思い出させてしまうようで申し訳ないんですが、是非とも御協力ください」

「わかっています。それで、どんなことをお聞きになりたいんですか」

「あの事件が起きる前、水岡さんが菅沼と婚約をしているときのことです。ふたりの様子に何か変わったところはなかったでしょうか」

「変わったところ、ですか……さあ」

小雪は首を傾げて、

「特には思い当たりませんけど」

「漠然とこんなことを伺っても、わかりませんよね。最初は菅沼のほうが結婚を申し込んだと聞いてますが、そのときの水岡さんの反応はどうだったんでしょうか」

「最初はびっくりしたと言ってました。菅沼さん……あの男とは、それほど親しかったわけではなかったそうなので。プロポーズされて驚いたみたいです」

「でもそのプロポーズを受けたわけですよね」

「冷静になって考えてみたら、悪い話ではないと思ったそうで。それに、わたしも勧めましたし……今から思うと、とんでもない間違いでしたけど」

小雪の表情に翳《かげ》が差した。

ウエイトレスが注文した飲み物を持ってきた。会話はしばらく中断する。

小雪はアイスティーを一口飲んでから、言った。

「わたしも紗緒と一緒に音大でピアノの勉強をしました。同じようにプロのピアニストになることを目指していたんです。でも現実はそんなに甘くありません。プロでやっていける人間なんて、本当に一握りでしかないんです。わたしは卒業前にそのことに気づいて、自分の才能を見限りました。教員の免許を取って中学の音楽教師になって——これだって、かなり上等な部類です——合コンで今の主人と出会って結婚しました。今は専業主婦です。もう二年近くピアノには触れてません。音楽は今でも好きだけど、自分の仕事にはできなかった。紗緒はでも、プロになりました。定期的に演奏会を開いたり、海外に行ったり、わたしから見れば夢のような活躍をしてました。正直妬《ねた》ましいと思ったこともありましたけど、それ以上に彼女のことを応援してました。紗緒がわたしの代わりに夢を実現してくれているような気がして。彼女に自分を重ね合わせていたんです」

小雪は静かに語りつづける。

「でも、紗緒もやっぱり苦しんでました。大きなコンテストに挑戦しながら、結局栄冠を射止めることはできなかった。この世界では、そういう箔《はく》が付かないとやっていけないんです。コンサートもこぢんまりとしたところでしかできないし、収入にも限りがありました。ピアノ教室を始めたのも、彼女としては止《や》むを得ない判断だったんです。このまま一流になれず終わってしまうのかって、ずいぶん悩んでました。菅沼のプロポーズがあったのは、そんなときだったんです。相談を受けたとき、わたしは彼女に『いい話だから受ければ』と言いました。わたしと同様、彼女も自分の才能の限界に気づいた。この先ピアノにしがみついても今以上の成功は望めない。ならば家庭に入るのも選択肢のひとつだと……でも」

小雪は躊躇《ためら》うように言葉を選んだ。

「……わたしは、もしかしたら彼女も自分と同じ境遇にしたかったのかもしれません。ピアノを諦《あきら》めさせ、わたしと同じような人生を送らせたかったのかも。そう考えると、わたし、自分が醜く思えます……すみません、こんな話をしてしまって」

「あ、いえ」

無藤は他に何も言えなかった。中途半端な慰めを口にすれば、かえって相手を傷つけてしまうような気がしたからだ。だからあえて、話を軌道修正した。

「水岡さんは、菅沼の人となりについて何か話していませんでしたか。どんな人間だとか、好みが合うとか合わないとか、どこか怖いところがあるとか」

最後に一番聞きたかったことを紛れ込ませる。小雪に予断を与えないためだ。彼女は小首を傾げて、

「そうですね……紳士的なひとだって言ってました。刑事なんて仕事をしているのに怖いところなんてなくて親切でって……あ、ごめんなさい。刑事さんを前にしてこんなこと言っちゃって」

「いえ。刑事のイメージというのは、あまりよくないですから」

「あの男は全然刑事っぽくないって言ってましたね。親元がお金持ちだからでしょうか。デートでも一流のレストランに連れていってもらったり、新婚旅行はドバイの一流ホテルに宿泊しようとか言われてたみたいで……あ」

「何か？」

「いえ、たいしたことではないです」

「たいしたことでなくても結構です。気がついたことなら教えてください」

「はあ……じつは、新婚旅行の話を彼女から聞いてたときですけど、ひとつだけ戸惑ったことがあるって。あの男が旅行のスケジュールにアウシュビッツを入れたいって言ってたらしいんですよ」

「アウシュビッツ……」

記憶にはあるが、すぐには思い出せない名前だった。

「ほら、第二次大戦中にドイツのナチスがユダヤ人を大量虐殺した」

「……ああ、あの捕虜収容所の」

「ええ、そこに行きたいって」

「なぜ、そんなところに？　菅沼は歴史に興味があったのかな？」

「紗緒もどうして行きたいのか訊《き》いてみたそうです。そしたら『世界の終わりが感じられる場所だから』って答えたそうです」

「世界の終わり……？」

「『絶望しかない世界があることを、君にも知ってほしい』とも言ってたそうです。なんだか、妙ですよね」

「そう、ですね」

無藤はどう答えていいのかわからなかった。

「あの男はアウシュビッツでどんなに残酷なことが行われたかという話を、いつもみたいに優しい表情で、穏やかに話したそうです。それが、なんだかとても怖かったと言ってましたね」

「怖かった……」

やはり紗緒は菅沼のことを恐れていたのか。

「水岡さんが菅沼のことを怖いと言ったことは、他にもあったんでしょうか」

「さあ……それしか聞いてませんけど」

「そうですか……」

菅沼という男のことが、ますますわからなくなった、と無藤は思う。「世界の終わり」とは、どういうことなのか。彼は一体、何を考えていたのか。

「あの男のことは、わかりません」

まるで無藤の心を読んだかのように、小雪は言った。

「どうして自分から結婚を望んだ相手を殺したりしたのか。どうしても、わからない……。昨日も彼女の演奏を観ながら、ずっと思ってたんです。なぜ紗緒は殺されなければならなかったのか。彼女がどんな悪いことをしたっていうのか……」

小雪の悲痛な言葉を、無藤も痛ましい思いで受け止めた。だから言った。

「自分も、その理由を何としてでも突き止めたいと思っています」

「お願いします。そうでないと紗緒の無念が晴れません」

「わかりました。全力を注ぎます」

そう答えてから、

「ところで『彼女の演奏を観ながら』というのは、どういう？」

「え？　ああ、動画サイトです」

「動画サイト？」

「ええ、紗緒の演奏が動画サイトにアップされているんですよ。彼女が自分で投稿したんですけど」

「へえ、そうなんですか。今度観てみます。水岡さんの名前で検索すれば見つかりますかね？」

「ええ、それでわかります。五件ほど見つかると思いますよ。とても素敵な演奏ですから、聴いてみてください」

小雪は言った。少しだけ、笑顔になった。

続いて無藤が向かったのは南麻布だった。

フィンランド大使館の南側に位置する三階建ての瀟洒《しょうしゃ》なマンション。その最上階の一室が菅沼の住居だった部屋だ。

鍵《かぎ》は父親の恒明から借り出していた。幸か不幸か、彼は無藤が息子の無実を証明してくれると思っている。その誤解に付け込むのは気が退《ひ》けたが、おかげで苦もなく菅沼の部屋を見せてもらえることになった。

ドアを開けると、眼に入ってきたのは積み上げられた段ボール箱だった。この部屋に家宅捜索が入った際、押収されたものが返還されたままに置かれているのだ。

できれば菅沼が住んでいた頃のままの状態で調べたかったが、致し方ないことだった。中のものは自由に見ていいと言われているので、遠慮なく段ボールを開けることにした。

警察が押収したものは多岐にわたっていた。手帳、手紙、蔵書、パソコン、衣料、ゴミ箱のゴミ……。そのひとつひとつを確認していく。

最初に調べたのは菅沼が普段使っていた手帳だ。革張りのもので、開くと几帳面《きちょうめん》な文字が並んでいる。殴り書きばかりの自分の手帳とは大違いだ、と無藤は感心した。記されているのは捜査に関することばかりで、個人的な記述は見つからない。菅沼は紗緒の事件の捜査には関わっていなかったので、それについても書かれてはいなかった。

手がかりはなさそうだ、と諦めて手帳を閉じようとしたとき、気づいた。最後に使われたページの次が引きちぎられている。

あらためて手帳を最初から確認する。他に千切られているページはない。

ふと思いついて、ゴミ箱の中に入っていたゴミ——これも押収されていたものだ——を調べてみた。期待はしていなかったが、案外簡単に見つかった。

引きちぎられた一枚の紙片。

切り口は手帳のそれと一致する。

しかし、そこには何も書かれてはいなかった。未使用の一ページだった。

「……どうして？」

無藤は呟《つぶや》く。どうして何も書かれていないページが破られているのか。

一応、その一ページを保管することにして、菅沼の手帳に挟み込む。これは持って帰ることにしよう。

続いて調べたのはノートパソコンだった。

バッテリーは切れていたが、一緒に電源コードも見つかったので起動させることはできた。

ファイルをひとつひとつ調べていくのは大変だったが、性根を据えて取り組んだ。小一時間ほどかけて大体の中身を確認したが、特にめぼしいものには行き当たらなかった。もし犯行に関係するようなファイルがあったとしても、それは菅沼自身の手で削除されているだろう。いざとなったら復元を依頼するしかない。

次にブックマークや履歴を調べてみた。しかしこれも収穫はなさそうだった。菅沼は几帳面なのか、それともいざというときのことを考えていたのか、履歴はすべて消している。そしてブックマークのほうも、最初にパソコンを買ったときに設定されていたと思われるサイトしか登録されていなかった。どうやら菅沼はあまりパソコンを利用してはいなかったようだ。

諦《あきら》めて次は蔵書に取りかかる。刑事訴訟法や刑法など法律の本や、社会情勢についての解説書のようなものがメインだった。一冊ずつパラパラと捲《めく》ってみるが、特にこれといって気になるものは見つからない。

これも収穫なしか、と思いながら最後の一冊に眼をやる。ハッとした。

表紙に書かれた「アウシュビッツ」の文字が眼を射たのだ。

大判で分厚い本だった。正式なタイトルは『アウシュビッツ絶滅収容所写真集』。開いてみると、朽ち果てた建物や陰鬱《いんうつ》な風景ばかりが並んでいる。現在のアウシュビッツの姿らしい。その他にホロコーストが行われていた当時の古い写真も収録されている。無藤も記憶している収容所で殺されたユダヤ人たちから剝《は》ぎ取った服や靴が山と積み上げられている写真も載っていた。

見ていると何とも憂鬱な気分になってくる。かつて人類が犯した最大の悪行が、様々な写真で暴露されているのだ。ここに曝《さら》け出されているのは、人間が作った世界の終焉《しゅうえん》の姿かもしれない。

世界の終わり。

その言葉が、脳裏に甦《よみがえ》った。

――世界の終わりが感じられる場所だから。

菅沼はアウシュビッツを訪れたい理由を、そう述べたそうだ。

彼は、この光景を自分の眼で見たいと思ったのか。なぜ？

なぜ、なぜ、と疑問を反芻《はんすう》しながら、写真集のページを捲った。

そして、ある写真に眼が止まった。

それは収容所に連れてこられたばかりらしいユダヤの少女を写したものだった。品の良さそうな半袖《はんそで》のワンピースを着て、髪にカチューシャを着けている。ぱっちりとした眼の愛らしい少女だった。だがその顔には絶望とも苦痛とも見える表情が浮かんでいた。これから彼女を襲う運命を知っていたのだろうか。

その表情は彼女の両手首に巻き付いている黒い皮紐《ひも》のようなもののせいかもしれない。

無藤がその写真に眼を止めたのも、皮紐のせいだった。少女の白い腕に食い込み、縛《いまし》めている紐が、妙に気にかかったのだ。それはまるで彼女に巻き付き、その精を吸い取っているようにも見えた。

ひどく場違いな感覚だとは思うが、少女のその様に、ひどくエロティックなものを感じた。

無藤は自分にSの気があるとは思ってもいなかった。今までその手のものに興味を持ったことはない。しかしこの写真には、どこかそそられるものがあった。こんな感覚は初めてだった。

写真に添えられた解説文を読んでみる。が、この写真については来歴や、写っていの少女のことを「私の女神《マイネ・フレイヤ》」と呼んでいたという。
判中も写真の返還を叫びつづけ、ついには獄中で自殺したという。彼は最後まで写真
校は写真を取り上げられるときにひどく抵抗し、ナチスの罪を裁くために開かれた裁
逮捕されたある将校が隠し持っていたものだということしかわかっていない。その将
る少女の身許《みもと》などは一切不明なのだそうだ。一九四五年に収容所が解放されたとき、

「女神か……」
呟きながら次のページを捲る。と、余白の部分に書き込みがあるのを見つけた。
〝女神は白い手を持つ。それは永遠へのパスポートである〟
ボールペンで書かれている。「は」の字に特徴があった。手帳の文字と同じだ。菅
沼が書いたことに間違いはない。
しかしなぜ、こんな書き込みをしたのか。
「白い手……永遠へのパスポート……」
すぐに思い出すのは、殺された三人の女性に共通する点——手首を切断されている
ことだ。
何か関係があるのだろうか。考えてみたが、見当もつかなかった。
この写真集も拝借することにした。
そして次の段ボールに取りかかろうとしたとき、彼のスマートフォンが着信を知ら

せた。

電話を寄越してきたのは、亀岡だった。

「はい無藤です。何かありましたか」

――ああ、また、やられた。

その言葉に、無藤の背筋を冷たいものが走った。

「まさか、また殺されたんですか」

――そうだ。すぐに南塚君を連れて現場に行ってくれ。

亀岡は場所を伝えてきた。赤羽西。ここからなら目白台は途中だ。

「わかりました。すぐに向かいます」

電話を切り、菅沼の部屋を飛び出した。

北区赤羽西、静勝寺《じょうしょうじ》の南側に建つ一軒家が現場だった。鉄筋コンクリートの二階建て、ブロックを組み合わせたような造りの家だ。

午後五時過ぎ、無藤が車を降りたとき、すでに現場周辺には警察関係者が到着していた。

「大勢さん、いらっしゃるな」

後から降りてきた南塚が他人事《ひとごと》のように言う。たしかに狭い路地から溢《あふ》れんばかりに人が集まっていた。大半は野次馬だ。それと所轄や本庁の人間も多数いる。

「ふうん……」

「どうかしたんですか」

無藤が訊《き》くと、

「いや、顔見知りがいたんでね」

そう言って、南塚は野次馬が群れているほうへ近付いていった。そして一番前に立っていた中年の男に声をかける。

「やあ、貞本《さだもと》さん。お久しぶり」

「……あ、ああ」

露骨に迷惑そうな顔をしていた。返事もどこかよそよそしい。しかし南塚はお構いなしに無藤を引き寄せ、

「こいつ、俺と一緒に働いてる無藤っていうんだ。よろしく」

「あ、どうも」

相手が何者かもわからず、無藤は頭を下げた。

「それにしても珍しいな。殺人現場に公安さんが顔を出すなんて」

「公安⁉」

思わず無藤は声をあげてしまった。貞本と呼ばれた男は、さらに不機嫌な顔になっ

て、

「大声はやめろ」

と窘《たしな》めた。

「……すいません」

無藤はもう一度、今度は謝罪の意味で頭を下げた。本当に公安の人間なら、素性をおおっぴらにはしたくないはずだ。

「で、何の用？」

しかし南塚は屈託なく尋ねる。貞本は渋面のまま、

「ちょっと、こっちに来い」

と、人目《ひとけ》を避けるように南塚を引っ張っていった。無藤もついていく。

民家前の人気のない駐車場前で足を止めると貞本は、

「俺の素性は明かすなと、前に言ったはずだよな」

と、南塚に詰め寄った。

「そうだったっけ？」

南塚は素知らぬ顔で、

「でも、あんたの顔はかなり知れ渡っちゃったんじゃないかな、あの件で」

「ああ、おまえのせいでな。おかげで今の俺は日陰の身だ」

「カルト集団の警視庁襲撃計画を未然に防いだ立役者なのに？　そりゃ不公平だな」

「あの事件を解決したのは俺じゃない。おまえだ」

　貞本の表情はさらに苦くなる。

「そのことは、上の人間はみんな知ってる。俺の得点にはならなかったんだよ」

「そりゃ残念。しかしそれはあんたの立ち回りかたが悪かったんじゃないかな。俺がちゃんとお膳立《ぜんだ》てしてやったのに」

「他人の手柄を横取りするほど落ちぶれちゃいないからな。そんなことは、どうでもいい。この件もおまえが担当なのか」

「まだわからないな。来たばかりで被害者が誰かも知らないんだから」

「梅本澄江《うめもとすみえ》二十九歳。麹町《こうじまち》の津田《つだ》商事という商社に勤めていたＯＬだ。父親は三年前に亡くなり、母親とふたり暮らしをしていた。その母親が今日の午後三時過ぎに買い物から帰宅すると、リビングで娘が殺されているのを発見した。そして警察に通報したわけだ」

「その情報がすぐに公安にも届いた。なぜだ？」

「三年前に死んだ父親に前科《マエ》がある。沖縄の米軍基地に忍び込んで戦闘機を強奪しようとした。それでアメリカ本土を空爆するつもりだったらしい」

「豪気な話だな。成功したのか」

「するわけがない。だが捕まるときに米兵三人に怪我を負わせている」

「なるほど、要注意人物だったわけだ。しかし三年前に死んだのなら、もう問題ないんじゃないのか」

「女房のほうも闘士だったんだよ。旦那《だんな》亡き後は組織の要になったらしい」

「そういうことか。で、今回の事件も公安が絡んできそうだと？」

「いや、俺は様子を見にきただけだ。こいつは最近起きてる連続殺人の一環だろ。だったら俺たちの出る幕じゃない。名探偵さんに任せる」

　そう言ってから、

「ただし、もしも俺たちが関わらなきゃならないようなことになってきたら、すぐに教えてくれ。頼むよ」

　と付け加え、貞本は立ち去った。

「なんだよ、あいつ」

　その後ろ姿を見送りながら、南塚は言った。

「もうちょっと調べていけばいいのに」

　たぶん、南塚さんとこれ以上顔を合わせていたくなかったんですよ、と無藤は心の中で言った。

「戻りましょう」

南塚を促し、再び現場に向かう。

貞本が言ったとおり、梅本澄江の遺体はリビングに横たわっていた。

まず最初に眼に飛び込んできたのは、ベージュのカーペットを赤黒く染めている血の染みだった。それは澄江の切断された手首から流れ出ていた。

「またか」

南塚がかすかに顔を歪《ゆが》めた。

「ああ、まただ」

先に現場に到着していた不動が応じた。

「直接の死因は細いチェーン状のものによる絞殺。死亡推定時刻は今日の午前十一時から午後二時の間と推定。死後両手首を切断している。これまでとまったく同じ手口だよ」

「律儀すぎるな。頑《かたく》ななまでに同じことを繰り返している。少々病的ですらあるな」

「こんなことをする奴は最初から病気だよ。気が変なんだ」

「たしかに犯人は頭がおかしくなってる。ただ……」

と、南塚は周囲を見回し、

「どういうふうに頭がおかしいのか、それを見極めないとな。家の鍵《かぎ》は？」

「発見者である被害者の母親、梅本公子《きみこ》が帰ってきたときには、鍵は掛けられていた。

家の鍵は公子と被害者の澄江のふたりしか持っていない」

「澄江の鍵は？」

「彼女のバッグに鍵は入っていた。しかし——」

「偽物だった？」

「……ああ、別の鍵にすり替えられていた。犯人は澄江の持っていた鍵で玄関に施錠したと考えられる」

「やはり模倣していたか。ここまでくると偏執的だな」

「だが、何かの意味があるはずだ」

不動は言った。

「妹に言わせると、人間の行動には必ず意味があるそうだ。たとえ無意味に見えても、その人間にとっては正しい理由があると」

「あんたの妹さんの意見に同意するよ。犯人にとっては意味があることなんだろう。それを俺たちが理解できるかどうかは別の問題だがな」

そう言いながら南塚は床に横たわっている被害者に眼を向けた。

無藤もつられて彼女を見る。手首から流れて出た血は惨憺《さんたん》たるものだったが、その表情は意外に穏やかなものだった。わずかに口を開き、舌を覗《のぞ》かせている程度で、苦《く》悶《もん》の表情は見られない。髪は肩まで伸ばしていて明るい茶色に染めている。瓜実顔《うりざねがお》というのだろうか、面長で整った顔にはすでに生気はないが、生前はさぞかし人目を引いたであろう魅力が感じられた。身に着けているのはネイビーのTシャツとジーンズ。衣服に乱れはなかった。

「白いな」

南塚が、ぽつりと言った。

「白い？　何が？」

「肌だよ。死人ということを考慮しても、やはり色白だ」

無藤は遺体の顔を覗き込んだ。言われてみれば、たしかに色白だった。

「でも、それが何か――」

「みんな、色白だった。高田香里も芹沢裕子も、そして紗緒さんも」

「……ああ、たしかにそうですね。それも被害者の共通点でしょうか。犯人は色白な――」

――女神は白い手を持つ。それは永遠へのパスポートである。

あの本に書き込まれていた文章を思い出す。写真の少女の白い手。そして被害者の失われた白い手。

「あの南塚さん、ちょっと話が――」

と言いかけたときだった。

「不動さん」

と、若い刑事が困惑した表情で現場にやってきた。

「被害者の母親に話を聞こうとしてるんですが、どうしてもうまくいかなくて」

「どういうことだ？」

「協力してくれないんですよ。黙秘しちゃって」

「黙秘？　被害者の母親がか。しょうがねえな」

不動は仏頂面でリビングを出て行く。

「俺たちも行ってみるか」

南塚に促され、無藤もついていった。

そこは八畳の和室だった。隅に小さな仏壇が備えてあり、鴨居の上には男の遺影が飾られていた。少し険のある痩《や》せた中年で、髪が芥川龍之介《あくたがわりゅうのすけ》のプロフィールみたいに逆立っている。

その遺影の下あたりに、女性がひとり正座していた。年齢は五十歳前後、化粧っ気のない顔に度の強い眼鏡を掛けている。顔立ちはリビングで死んでいる女性によく似ているが、むしろ遺影の男性の姉ではないかと思うくらい、雰囲気が似通っていた。

意志が堅そうだ。ただ、ひどく顔色が悪い。

「梅本公子さん、何か問題でもありましたか」

不動が声をかける。公子は返事もしない。口を真一文字に引き締め、絶対に喋《しゃべ》らないと決めてかかっているようだった。

「お嬢さんを殺害した犯人を早急に捜し出さなければならないんです。協力していただけませんか」

公子は喋らない。

「何が気に入らないんです？　このままじゃ犯人を捕まえられませんよ」

やはり口を開こうとしなかった。不動を呼びに来た刑事が「でしょ？」とばかりに目配せをする。不動も渋面を作って、

「喋れない理由でもあるんですか。まさか犯人を庇《かば》ってるわけでもないでしょうな？」

表情を変えることなく、公子は無言を続ける。

「……まいったな」

不動は頭を掻《か》いた。

「国家権力の不当尋問には沈黙を貫け、か」

南塚が言った。

「気持ちはわからなくもないけどな。今までそうやって闘争してきたんだろうから。いきなり警察に協力しようったって難しいかもしれない」

「どういうことだ？」

不動が訊《き》く。どうやら公子の素性を知らないらしい。南塚は彼に説明するつもりはないようで、黙っている公子に向かい合うように胡座《あぐら》をかいて座り込む。

「でさ、あんたはどうなの？　娘をあんな目に遭わせた犯人、そのままでもいいわけ？」

公子は南塚に視線を向けた。

「……許さない」

やっと口を開く。

「絶対に、許さない」

「だろ？　だったらここは一時休戦ってことにして、俺たちに情報をくれないかな。この事件に関することだけでいい。別件であんたを逮捕するようなことはしないからさ」

「警察は、信用できない」

「まあ、そうだろうけどね。でも警察じゃなくて俺を信用してくれよ」

「あなたを？　信用するに足る根拠は？」

「ない」

南塚はあっさりと言った。

「ただ、俺は娘さんの事件を解決したいと思っているだけ。あんたとあんたのセクトのことなんて、全然興味ない。そういう人間だ」

「………」

「ひとつ約束しよう。俺たちは娘さんの事件に関係しないことは一切詮索《せんさく》しない。捜査で知った内容を公安に洩《も》らすようなこともしない。純粋に娘さんを殺した犯人を捕まえることだけを目指す。どうだい？」

しばらくの間、沈黙が続く。

公子は南塚を見つめ、南塚は公子を見つめる。

沈黙を破ったのは、公子だった。

「あなたを信じることはできない。でも、澄江を殺した犯人は許せない。だから、捜査に必要なことだけ話すわ」

「それで充分だ」

「何を知りたい？」

「娘さんの遺体を発見する前後のことだ。あんたが家を出たのは何時？」

「朝十時ちょうど。帰ってきたのは午後三時十五分過ぎ」

「あんたが家を出たときには娘さんは在宅してたのか」

「ええ。今日は一日ずっと家にいると言ってた」

「若い娘が日曜に家に籠《こ》もりっきりか。いつもそうだったのか」

「あまり社交的な子じゃなかったから。家で本を読んだりゲームしたりしてた」

「なるほどね。じゃあ今日も普段と変わりない様子だったのかな？」

「変わらなかった。いつもどおり、普段どおり……」

急に公子の表情が崩れた。

「いつもどおりだったのに……なのに、どうして……」

しばらく嗚咽《おえつ》が続く。南塚は彼女の気持ちが静まるまで、何も言わなかった。

「……ごめんなさい。もういい。他に聞きたいことは？」

「帰ってきたとき、いつもと違っているようなことはなかったか。家の近くに誰かがいたとか」

「……特に気のついたことは、なかった」

「玄関の鍵《かぎ》は掛かってたんだな？」

「掛かってた。間違いない」

「鍵を開けて家に入ったとき、気のついたことは？」

「玄関に澄江の靴があったから、家にいることはわかった。二階のほうに声をかけてみたけど、返事がなかった。そのままリビングに行ったら……澄江が死んでいた」

「そしてすぐに警察に連絡した？」

「ええ、いつもなら警察に関わるのはもっと慎重になるんだけど、あのときは動転していて……」

「正しい判断だったよ。娘さんは誰かと交際していたのか」

「そういう話は聞いてない。でも」

「でも？」

「彼氏がいたとしても、話してくれなかったかもしれない。あの子は、プライベートなことを私に教えてくれなかったから」

「親子の仲は、よくなかった？」

「……あまり。わたしたちのことでは、あの子に苦労かけてきたから」

「ま、両親が活動家だったんだから、それなりの苦労はあったんだろうな。でも一緒に暮らしてた。あんたを嫌ってたわけじゃないんだろ？」

「澄江が一緒にいてくれたのは……わたしの体が心配だったから。春に胃の手術をして、まだ万全じゃないから、あの子は独り暮らしのアパートを引き払って家に戻ってきた」

「なるほどね。ところで娘さんは商社に勤めてたそうだが、手を使う趣味はなかったか」

「手を使う？」

何を言われているのかわからないといった表情で、公子は南塚を見つめる。

「そう。たとえばピアノを弾くとか陶芸をするとか」

「さっきも言ったように、澄江は本を読むかゲームをするくらいしか趣味はなかった」

「じゃあ、誰かに何かを教えるようなこともなかったんだな？」

「そんなことも……あ、ただ」

「ただ？」

「澄江はパソコンが得意だった。キーボードを打つのがとても速くて、そういうことを競う大会に出たこともあった」

「ほう、キーボードねえ」

「だから社内でパソコンの研修があるときには、あの子が講師をしてたって」

「南塚さん」

無藤は思わず声をあげていた。しかし南塚はそれを制して、

「じゃあ娘さんの会社の人間は、娘さんの生徒みたいなもんなんだな？」

「そう。澄江も『わたしの弟子たち』なんて言ってた。あの子がキーボードを叩《たた》いてるところを撮影して、インターネットで公開しているひともいたらしい。わたしは見たことないけど」

「そうか。いや、ありがとう。いろいろわかったよ」

南塚は立ち上がった。

「これからも警察がいろいろ訊いてくるかもしれないけど、できる範囲で答えてやってくれよ。できる範囲でいいからさ」

そう言って、和室を出て行こうとする。

「ちょっと」

その背中に、公子が声をかけた。

「犯人、捕まえてくれるよね？」

「もちろん」

彼は答えた。

「人殺しをのさばらせておくわけにはいかないからな」

「おい、待て」

廊下に出たところで不動が南塚を呼び止める。

「どうしてもっと突っ込んで訊かない？　今日どこに出かけていたとか」

「察しろよ。警察に言いたくないところに行ってたに違いないじゃないか」

「だったらなおのこと――」

「聞いてただろ。この事件の捜査に関係しないことは訊かない約束だ。あんたも守ってくれよな」

それだけ言うと、南塚は不動を置いてリビングに戻った。

ちょうど澄江の遺体が運び出されるところだった。無藤は担架に乗せられた彼女に向かって手を合わせた。南塚も黙ってそれを見送っていたが、不意に振り返って、

「で、話って何だ？」

と言った。

「え？」

「さっき、俺に話があるって言ってただろうが」

「え？　えっと……ああ、そうでした。菅沼の部屋で気になるものを見つけたんです」

例のアウシュビッツ写真集を取り出す。そして小雪から聞いた話や写真集への書き込みのことを話した。

「菅沼はアウシュビッツのことに興味を持っていたらしいんです。それが今度の事件とどう関係してるかって言われると、わからないんですけど。でも、この少女の写真のことが、妙に気になります」

南塚は無藤の話を聞きながら、手首を縛《いまし》められた少女の写真に見入っていた。

「なるほど、興味深い写真だな。無藤、この子を見てどう思う？」

「どうって……」

「エロいと思っただろ？」

ずばりと訊《き》いてきた。無藤は言葉に詰まる。

「この表情が妙にそそる。苦悶《くもん》、拒絶、諦観《ていかん》、受容、悦楽、あらゆる感情が読み取れる。それとこの皮紐《ひも》。まるで蛇が巻き付いているみたいだ。きっとイブを堕落させた楽園の蛇だろうな。それが白い手首を締め付け、苦痛と快楽を与えている。この娘はニンフか。あるいはパンの大神と交わって生まれた魔性か。写真の持ち主だった将校が『私の女神《マイネ・フレイヤ》』と呼んだのも頷《うなず》けるな。この一枚からいくつもの物語が産み出せそうだ。そう思わないか」

「え、ええ……」

どう答えていいのかわからず、無藤はただ頷いた。

「菅沼の書き込みにも興味が湧く。『女神は白い手を持つ。それは永遠へのパスポートである』か。あいつもこの写真に魅入られていたことは間違いない。白い手に関心を持っていたことも。しかし『永遠へのパスポート』とは？　あいつはパスポートを手に入れたのか。それとも……」

南塚はそれきり黙り込む。少女の写真を見直し、それから他のページを見た。

「……これ以上の情報は得られないようだな」

そう言って本を閉じたのは、三分後のことだった。

「じつに面白い。生きているうちに、もっと菅沼と話したかったよ。もしかしたら貴重な話ができたかもしれない。あるいは」

閉じた本を無藤に渡す。

「あるいは、まったく失望させられたか」

「どういう、ことですか」

「わからなくてもいいよ。とにかく、いい手がかりだ。他に何かあるか」

「そうですね。他には……」

そのとき、無藤の脳裏を淡くかすめたものがあった。

何だろう？　何か思いつきそうなのだが……。

しかしそれは、彼がしっかりと把握する間もなく霧散してしまった。が、代わりにもうひとつ、大事なことを思い出した。

「そうだ。あのページ」

「ページ？」

「はい、菅沼が仕事に使ってた手帳の一ページが破り取られていたんです。それがですね――」

そのとき、不動がリビングにやってきた。面白くなさそうな顔つきで南塚を睨《にら》みつ

け、

「こんなところに突っ立ってるんじゃない。邪魔だろうが」

と、わざと肩を当てるようにして擦り抜けていった。

「向こうに行きましょうか」

無藤が言うと、

「帰ろう」

南塚は答えた。

「もうここで手に入れられるものはない。考えをまとめるんなら、こんな騒がしい場所でないほうがいい。それに」

南塚は付け加える。

「そろそろ煙草が吸いたくなってきた」

9

北小路邸の応接室、南塚は椅子に腰を下ろすと煙草に火を付け、一息吸った。

「……ああ、生き返った気がする」

煙を吐きながら彼は呟《つぶや》く。

「煙草を吸わない奴が、つくづく可哀想になるな。この悦楽を味わえないなんて」

今どきは煙草を吸わないのが多数派ですよ、と言いたかった。が、代わりに無藤は菅沼の部屋から持ってきた手帳をテーブルの上に置いた。

「ファイロファックスか」

「え？」

「手帳のメーカーだ。洒落《しゃれ》たもの使ってたんだな。あいつらしい。で、破られてたページってのは？」

「これです」

無藤は手帳を開いた。破られている箇所にゴミ箱から回収したページを挟んでおいた。

「他に破られているところはありません。菅沼は丁寧に手帳を扱っていたと思われます。なのにどうしてこのページを破ったのか。しかも何も書かれていないところを。変だと思いませんか」

「それは変だな」

背後から声がした。振り返ると北小路が立っている。いきなりの登場に、無藤は少し驚いた。

「北小路さん、いつからここにいたんですか」

「つい今し方から。気づかなかったか」

「ええ」

「そこまで鋭くはないということか」

北小路は唇の端を歪《ゆが》めて笑みを作った。

と、今度はトレイを捧《ささ》げ持った赤尾がやってきた。この前と同じカフェオレ色のエプロンドレスを着ている。

「北小路様もいらしてたんですか。だったらお紅茶をお持ちします」

「いや、僕はいい。それより音が欲しい。そうだな……ドビュッシーの『海』がいい」

「承知しました」

応接室の一隅に古風なステレオプレーヤーが置かれている。赤尾はラックからLPレコードを取り出すと、ターンテーブルにセットして針を置いた。手慣れた手付きだった。

「今時レコードなんて珍しいですね」

無藤が言うと、

「親父のコレクションだ」

北小路が答えた。

「昔は音楽なんて聴く気にもなれなかった。特にクラシックはな」

「趣味が変わったんですか」

「ああ、こういう身になると、音の響きが何より気持ちいい。音と香り、それが今の僕の慰めだ」

流れてくる音色に浸るように、北小路は眼を閉じた。

「俺はドビュッシーは好かん」

千切られたノートの一ページを眼の高さにかざして、南塚が言った。

「ていうか、クラシックなんて聴く気になれんな。やっぱりロックだ。麻結ちゃん、レッド・ツェッペリンとかディープ・パープルとかのレコードはないか。デフ・レパードでもいいぞ」

「ございません」

赤尾は即答する。

「つまんねえな……」

言いながら、南塚は白いページを見つめる。

「……これは……？」

「どうしました？」

「無藤、シャーペンか鉛筆持ってないか」

「ありますけど」

無藤がシャープペンシルを渡すと、南塚は持っていたページをテーブルの上に置き、ペンシルの芯《しん》を斜めにして擦《こす》り付けた。

「南塚さん、何が――」

「黙って見てろ」

たちまちのうちにページが黒くなっていく。と、その中央に白い線が見えてきた。

「……やっぱりな」

南塚が手を止めた。何か文字のようなものが浮き上がっていた。

「手帳の上で何かを書いた。その痕《あと》が手帳に残ったんだ。それを隠すために菅沼はこのページを破り捨てたんだろう」

「なんて書いてあるんですか」

「アルファベットのようだな。無藤、読めるか」

「たしかにアルファベットです。http……次がコロンで、スラッシュ……ああ、インターネットのURLですね。ちょっと待ってください」

無藤は自分の手帳を開いて、書かれている文字を書き写した。

「……間違いない。この屋敷にインターネットを見られるパソコンはありますか」

「ここにはネット環境がない」

北小路が答えた。

「僕のパソコンもスタンドアローンで使っていたくらいだ」

「そうか……どうしようかな」

無藤が首を捻《ひね》ったとき、

「わたくしのノートパソコンならネットに繋《つな》がります」

そう言ったのは、赤尾だった。

「スマホでテザリングしてますから」

「テザリングってどういう……いや、そんなことはどうでもいい、パソコンを貸してくれませんか」

「わかりました。持ってきます」

赤尾はすぐにパソコンを持ってきた。その場で立ち上げ、ネットに接続する。

「このURLを打ち込んでくれませんか」

手帳を見せると、彼女は素早い指遣いでキーを叩《たた》いた。

ディスプレイが切り替わり、黒くなった。その中に白い文字が浮き上がる。

「白い手 collection」

マウスのポインタを移動させて文字をクリックすると別の画面に切り替わる。

「あ」

無藤は思わず声をあげた。そこに映し出されたのは、あのアウシュビッツの写真集に収められていた少女の写真だったのだ。

写真の下には「私の女神」というキャプションが記されている。

「ほう、またこの写真か」

南塚が興味深そうに身を乗り出した。

画面をスクロールすると、その下に貼られているのは腕時計メーカーのポスターで、女性の手と、その手首に巻き付いている腕時計だけが写されていた。その下には絵の一部、続けてボッティチェリの「ヴィーナスの誕生」が表示された。その下には絵の一部、乳房を隠しているヴィーナスの白い手が拡大されている。

「どうやら、自分好みの白い手の画像を集めたサイトらしいな」

横から覗《のぞ》き込んだ南塚が言った。

「自分好みって、誰の好みだ？」

北小路が訊《き》く。

「もちろん、このサイトを作った人間だよ。麻結ちゃん、もっと下のほうも見せてくれ」

赤尾がマウスを動かした。他にもいくつか画像が貼られている。どれも女性の手の部分だけをクローズアップしたもので、たしかに美しいと思えるものばかりだった。

「フェチですね」

無藤の言葉に、

「ああ、白い手フェチだ。病膏肓《やまいこうこう》に入るってところだな」

南塚は答える。

「もしかして、菅沼が作ったサイトでしょうか」

「奴が？　考えられないこともないが、自分で作ったサイトならアドレスを書き留めることもないと思うんだが……ん？　これは動画か」

「そのようです」

赤尾は動画の再生ボタンをクリックした。

ピアノの鍵盤《けんばん》が斜め上の角度で映し出された。そこに女性の手が添えられる。指が動くと、曲が奏でられた。

「ベートーベンの『悲愴《ひそう》』だな」

北小路が言う。ゆったりとした穏やかな曲だった。

「これは……」

無藤は息を呑《の》んだ。演奏に感心したからではない。この動画に付けられたタイトルを読んだのだ。

曰《いわ》く「『悲愴』by Saori Mizuoka」

「水岡……これは水岡さんの演奏なんだ」

映っているのは手だけなので確認はできないが、そう書かれている以上間違いないだろう。

一曲全部弾き終わるまで、動画は続いた。その間、無藤は鍵盤の上を躍る白い手をじっと見つめた。

「これはどこかの動画サイトから貼り付けられてるんだよな。元のサイトに移れるか」

「はい」

南塚の指示で赤尾は画面を表示させた。今見た動画が再び再生される。

「ああ、そうか」

「どうした無藤」

「いや、富田小雪さんが言ってたんですよ。水岡さんの演奏が動画サイトにあがってるって。これのことだったんだな」

「ふうん、そういうことか」

南塚は頷《うなず》く。

「麻結ちゃん、動画にコメントが付いてないか」

赤尾は答える代わりにマウスを動かした。コメントはひとつだけ付いていた。

〝白い手が美しい。これはコレクションにしたい〟

「コレクション、か。あのサイトを作った人間が書いたコメントかもしれないな。コメント主のハンドルは……kpt98000か。麻結ちゃん、さっきのサイトに戻ってくれ」

再び画面が切り替わる。

「他にも〝コレクション〟があるか」

「ありますね」

画面をスクロールさせる。またも動画があった。再生してみると、毛糸と編み棒、そして編み棒を操る手が表示された。驚くほどの速さと正確さで、見る間に毛糸が編まれていく。赤い毛糸と白い手のコントラストが印象的だった。

その動画のタイトルは「引き返し編み実演（高田編み物教室主宰・高田香里）」とある。

「高田……殺された高田香里か」

南塚の声に興奮の色が感じられた。

「どういうことですか、これ？」

無藤が尋ねても、

「これの元も確認したい」

赤尾に指示するだけだった。

また先程の動画サイトに移る。コメント欄には「上手ですね。勉強になります」という普通のコメントの他に「白い手が美しい」と書かれたものがあった。このコメントの主もkpt98000というハンドル名だった。

「同じ奴だな。麻結ちゃん、次だ」

最初のサイトに戻って、さらに画面がスクロールされる。次の動画は白い紙に筆を持った手が「永」の字を書いていくものだった。タイトルは「永字八法の基本」。白い手が迷いもなく紙の上を動き、文字を書いていく。一分ほどの短い動画だった。その終わりにクレジットが表示される。

「字・芹沢裕子」

無藤は言葉を呑み込んだ。その名前が三人目の犠牲者のものであることは、みんな知っていることだ。

赤尾は南塚に指示される前に動画サイトに移った。この動画にもkpt98000からのコメントが付いている。曰く「文字も手も美しいね」。

「戻りますか」

赤尾が訊いた。

「ああ、次が見たい」

すかさず「白い手collection」のサイトに戻る。芹沢裕子の動画の下には、また別の動画が貼り付けられている。赤尾は先に動画サイトに移ってから動画再生を始めた。パソコンのキーボードを打つ手が撮影されている。信じられないくらい素早い指の動きで、見る間に入力されている。そのタイトルは「キーボード早打ちに挑戦」とある。

「これはもしかして……？」

「ああ、梅本澄江かもしれん。特定できないか」

「この動画には名前は出てきませんね。でも公開した人間のハンドルネームがあります」

無藤は画面の一カ所を指差す。そこには「mandawin がアップロード」と表示されていた。

「マンダウィン？　どういう意味だ？」

「意味なんかないかもしれませんよ。みんな適当に付けてるみたいですから」

「そんなもんか。で、そいつが何者かわかるのか」

「どうでしょうね。警察から動画サイトに話をすれば情報を教えてくれるかもしれませんが……ちょっと待ってください。赤尾さん、この mandawin ってひとが他にアップしている動画はないかな？」

「あるみたいです」

画面が変わり、別の動画一覧が表示される。片っ端から再生してみると、その中に会社のオフィスを撮影したものがあった。机の上のパソコンに向かってキーボードを叩《たた》いている女子社員が映し出される。

——我が社が誇るキーボード早打ちマスターでえす。

おどけた声に女子社員が振り返る。

「……梅本澄江ですね」

無藤は言った。間違いなく彼女だった。映されていることに気づくと、照れたような笑みを浮かべた。そこで動画は終わっている。

「しかしこれじゃ顔はわかっても、どこの誰かまでは特定できないな」

「いや、充分だ」

北小路が言った。

「キーボードの横に真新しい封筒が映っていた。そこに会社の名前と住所も明記されている」

「ほんとですか⁉　赤尾さん、悪い、もう一度再生してみて」

同じ動画を再び見る。先程は気づかなかったが、たしかに封筒が一瞬大写しになるシーンがあった。そこで一時停止する。

「津田商事……はっきりわかりますね」

「会社の名前と顔がわかれば、個人特定なんて造作もないだろ」

南塚は言った。

「この動画をアップした奴、セキュリティ意識のかけらもないな。ともあれ、このサイトが今回の事件に関わりがあるのは間違いない。問題は誰が作ったか、だが。麻結ちゃん」

「サイト制作者の情報は一切ありません」

キーを打ちながら赤尾は言った。

「ただ自分好みの画像や動画を並べているだけです。思うにこのサイトは個人の心覚えのために作っているのではないでしょうか」

「じゃあ、誰が作ったかわからないのか」

南塚が言うと、

「警察ならわかると思います」

赤尾は答えた。

「事件に関係しているのなら、このサイトのデータを置いているサーバーに問い合わせて作成者の情報を聞き出すことぐらいできるのでは？」

「よし、それをやろう。無藤、やってくれ」

「わかりました。早速」

無藤は応接室を飛び出そうとする。

「あ、少々お待ちください」

赤尾が呼び止めた。

「このサイト、まだ動画があるのですけど」

「何だって⁉」

無藤はディスプレイを覗《のぞ》き込んだ。

「どんな?」

「今、再生します」

それは「バリ舞踊の基本　手の動き」というタイトルの動画だった。三十代くらいの女性が画面の中央に立ち、これから自分のする動きについて説明している。

——親指を内側にして、残りの指を垂直に立てます。そして手首を回して。

立てた手をくるりと返して見せる。それだけの動きだった。

「バリ舞踊って、インドネシアのバリ島の踊りのことだよな。まあ、そんなことはどうでもいいが」

南塚が言う。

「この動画にもコメント付いてるか」

赤尾が確認する。

「ありますね。kpt98000から『白い手の動き、絶品』と」

「南塚さん」

無藤は自分の声が上擦っているのに気づいた。

「このひとも、危ないかもしれません。今までの流れからすると、彼女も殺されるかも」

「その可能性は、否定できないな」

北小路が同意する。

「手遅れにならないうちに、手を打つべきだろう」

と、画面が切り替わった。

「動画の説明文にリンクが貼ってありました」

表示されたのは「道玄坂バリ舞踊教室」というサイトだった。バリの民族衣装を身に着けてポーズを取っている女性の画像が大きく表示されている。

「さっき踊っていたひとですよね」

「舞踊教室の主宰者で、名前は小坂美代子《こさかみよこ》」

赤尾がプロフィールを読み上げる。

「教室は道玄坂二丁目にあります。電話番号も載ってますね」

「無藤、電話だ。小坂美代子の安否を確認しろ」

「はい」

無藤は自分のスマホに番号を入力した。呼び出し音が鳴る。二回、三回……。

十五回鳴ったところで、電話を切った。

「駄目です。繋《つな》がりません。もう教室にはいないみたいです」

「教室の入ってるビルの管理者から小坂の住所を聞き出せ」

ビルはその一階に店を構える和菓子屋が所有しているものだった。さっそく電話を入れて小坂美代子の連絡先を教えてもらおうとしたが、電話に出た男性は「個人情報を教えるわけにはいかない」と拒絶した。警察だと伝えても「本当に警察のひとなのかどうか確認できない」と言われてしまう。

「わかりました。今からそちらに伺います」

そう言って電話を切る。

「直接顔を見せないと埒《らち》が明かないみたいです。行ってきます。南塚さん、すみませんがサイトの作成者を探る件は、お任せしていいですか」

「わかった。俺が手配しておくよ」

南塚はそう答えてから、

「で、小坂美代子と会えたら訊《き》いておいてほしいことがある」

「何ですか」

「最近、手を褒められたことはないか」

一瞬、彼が何を言っているのかわからなかった。が、すぐに意図を理解する。

「わかりました。確認します」

そう言って、無藤は応接室を出た。

10

さすがに警察手帳を見せると、和菓子屋の主人も信用した。そして小坂美代子の住所を教えてくれた。

「美代ちゃんは小さい頃から知ってるんだ。前に近所に住んでたんでな。だから娘みたいな気がしてて、それを急に連絡先を教えろなんて電話がかかってくるもんだから、ちょっと疑っちまったのよ。悪かったな」

会ってみると、気のいい男性だった。

小坂美代子の家は世田谷《せたがや》区代沢にあった。

「ところで美代ちゃんに何の用だね？」

「ちょっと、確認したいことがありまして」

「もしかして、前の亭主のことじゃないだろうな」

「前の亭主?」

「半年前に離婚したんだよ。それがとんでもない男でさ、なんとかハーブってのを吸って街で暴れて捕まったんだ」

「なんとか……脱法ハーブですか」

「そうそう、それそれ。幸い怪我人は出なかったみたいだけどさ。ずいぶん前から吸ってたらしくて、美代ちゃんにもえらい迷惑かけてたらしいんだ。それで我慢できなくなって離婚したってわけ」

「そんなことがあったんですか。では、今は独り暮らしを?」

「ああ、俺が代沢に建てたアパートに移ったばかりだよ。あの子には幸せになってほしいんだがなあ」

しみじみと話す主人に礼を言って、無藤は車に乗り込んだ。

二十分くらいで目的地に到着する。住宅地の中にある比較的新しいアパートだった。

時刻は午後八時を過ぎていた。陽は落ちていたが、家々の窓から洩《も》れる明かりや街灯のせいで周囲はよく見える。小坂美代子の部屋——二階の三号室——と思われる窓にも明かりが灯《とも》っていた。どうやら在宅らしい。少し安堵《あんど》しながら外階段を上がった。

表札はなかった。インターフォンを押すと、少し間を置いて、

——はい。

返事があった。

「夜分にすみません。こちらは小坂美代子さんのお宅ですね。警視庁から来ました無藤と申します。お話ししたいことがあるのですが、今よろしいでしょうか」

──警視庁？ ……ちょっと待ってください。

一分ほど待たされた後、ドアが少しだけ開いた。隙間から女性が覗き込む。ドアチェーンは掛けられたままだ。

無藤は自分の警察手帳を隙間から呈示した。女性はそれをじっくりと見つめ、それからやっとチェーンを外してドアを開けた。

「どういうご用件でしょうか」

メイクを落としたすっぴん顔だったが、ネットで見たバリ衣装の女性に間違いなかった。背が高く、ほっそりとした顔立ちだった。長く伸ばした髪を後ろでまとめている。黄色いTシャツを着て白のショートパンツを穿《は》いていた。

「じつは、小坂さんの身に危険が及ぶかもしれないという情報がありまして、それでまず安否を確認するためにお邪魔しました」

ここに来る道すがら、美代子にどう説明するべきか考えた。曖昧《あいまい》な言いかたでは差し迫っているかもしれない危険について理解してもらえないかもしれない。かといって必要以上に脅すのも得策ではないような気がする。逡巡《しゅんじゅん》の末、事実をありのまま伝えようと決めた。何よりも今は彼女の身の安全が第一だ。

「身に危険って……」

思ったとおり、美代子は顔色を変えた。

「もしかして、あのひとのことですか」

「別れた元ご主人のことでしたら、違います。別の話です」

「じゃあどうして……あ、すみません、入っていただけます？」

無藤は言われるまま、部屋に入った。玄関は小さなスペースだが、様々な靴が並んでいる。そしてその傍らに女性の部屋には場違いなものが置かれているのにも気づいた。金属バットだ。

「それ、護身のためなんです」

無藤がバットに眼を向けたのに気づいたのだろう。美代子は言った。

「女の独り暮らしは、何かと物騒なので」

「いい心掛けだと思いますよ」

玄関を上がってすぐがキッチン、その奥に六畳ほどの洋室がある。白い壁にはバリ舞踊のポスターやスナップ写真が貼られ、ガルーダなどバリの神の姿を象《かたど》ったらしい木製の像もいくつか置かれている。

どうぞ、と出されたクッションに腰を下ろすと、美代子が冷蔵庫からペットボトルの緑茶を出してきた。

「すみません、こんなものしかなくて」

「いや、お構いなく」

正直喉《のど》が渇いていたのでありがたかったが、ゆっくりと飲んでいる暇はなかった。

無藤はこれまでの経緯について彼女に話した。

聞いているうちに、美代子の表情が強張《こわば》ってくる。

「そんなことが……でも、それがわたしとどんな関係があるんですか」

「じつは捜査の過程で、あるウェブサイトに行き当たりまして」

そのサイトにこれまで殺害された女性の動画がまとめられていること。そして美代子の動画もあることを伝えると、彼女の表情はさらに険しくなった。

「わたしの……どうして……」

「わかりません。そのサイトを作った人間は、自分好みの手を持った女性の画像や動画をコレクションしていたようです」

「その中にわたしの動画も？」

「はい」

「やだ」

美代子は口許《くちもと》を手で覆う。たしかに白くて形のいい手だった。

「わたし、どうしたらいいんですか」

「今、警察が全力をあげて捜査しています。程なく犯人は逮捕されると思います。でも、それまであなたの身の安全も守らなければなりません。所轄署と連携して付近の巡回を多くするといったような処置も取りますが、あなた自身も気をつけてほしいんです。しばらくは夜間の外出を控えるように。それと、むやみに誰かを家に入れないように」

「それは普段から心掛けてます。独り身になって、自分のことは自分で守らなきゃならないと思ってるし」

「それはいい心掛けですね」

さっきも同じことを言ったな、と無藤は思う。そしてあの金属バットのことを思い出した。

「誰か、身の危険を感じさせるような相手がいるんですか」

「それは……」

美代子は言いよどむ。それで気がついた。

「別れたご主人ですか」

「……ええ」

「そんなに乱暴な人間なんですか」

「以前は、そんなでもなかったんです。仲間とバンドをやってて定職にも就かなかったんですけど、気が優しくて大人しいひとでした。でも、あのハーブを使いだしてからおかしくなったんです」

「脱法ハーブを使用して暴れたそうですね」

「最初はバンド仲間から勧められて、興味本位で使ったみたいです。でも、すぐにのめり込んでしまって……そしたら、わけのわからないことを喚《わめ》いたり、いきなり暴れ出したりするようになって……怖かったです」

「離婚されたのは、それが原因なんですか」

「警察に捕まった後でずいぶんと反省したようなことを言って、二度とやらないって約束したんです。だから今度またハーブを吸ったら離婚するって言いました。その宣言どおりにするしかなかったんです」

「また使用したということですか」

「ええ。あのひと、意志が弱すぎるんです。だからこうやって思い知らせるしかなかった」

「彼は離婚に納得したんですか」

「いいえ、何度も離婚しないでくれと懇願されました。絶対にハーブはやらないから許してくれって。でも、一度それを信じて裏切られたから、もう信じられませんでした」

「ご主人、じゃない、元ご主人の名前は？」

「田野久則《たのひさのり》です」

「離婚後、田野さんから暴力や脅迫を受けたことはありますか」

「しつこいくらいに縒《よ》りを戻してくれと懇願されました。それで鬱陶《うっとう》しくなってこのアパートに引っ越しました。ここの住所は彼には知らせてません」

「そうですか。田野さんは今どこに住んでいるんですか」

「住所を変えてなければ、ふたりで住んでいた北千住《きたせんじゅ》のアパートにいるはずです」

その住所を書き留める。田野という人物については調べる必要があるかもしれない。

「あの、彼にはここの住所は知らせないでほしいんですけど」

「ご心配なく。心得ていますから」

そのとき、南塚から言われたことを思い出した。

「あの、変なことを訊《き》きますが、最近、手を褒められたことはありますか」

「は？」

「いえ……その、あなたの手に執着するような人間がいなかったかという……」

我ながら奇妙な質問だ、と無藤は口籠《ご》もる。すると、

「……いました」

美代子が答えた。

「田野です」

「田野さんが？」

「最近というのではなく、ずっと前からわたしの手のことを褒めそやしてました。踊っているときの手の動きがきれいだとか、形がいいとか、色白で素敵だとか」

美代子は溜息《ためいき》をついた。

「あのひと、女を褒めるツボは心得てたんですよ。わたしもそれに絆《ほだ》されて結婚しちゃったようなものだし……でも、どうしてそんなことを？」

「先程話した、女性の手に執着しているサイトのことが気がかりだったんです。もしかして、そのサイトを作った人間があなたに接触しているようなことはなかったかと」

「まさか」

美代子の眼に怯《おび》えの翳《かげ》が宿る。

「いや、その可能性があるかどうか確認したかっただけでして。まずそういうことはないとは思ったんですけど」

無藤は慌てて弁解した。それでも彼女の不安は拭《ぬぐ》えないようだった。

「あの、もしかして、そのサイトを作ったのが田野ってことはありませんか」

「え？　田野さんが？」

「あのひと、自分のバンドのサイトを自分で作ってたんです。パソコンが得意だったので。だからそれくらいのことはできると思うんです」

「田野さんは、なんていうか、手フェチだったんですか」

「どうでしょうか……でも、テレビに出てるタレントを見て『このひとの手はきれいだ』とか言ってたことはありました」

「そうですか……」

　無藤は田野がサイト制作者である可能性について考えてみた。あり得ないことではない。彼が元妻を含めた自分好みの手の持ち主をコレクションしていたと考えても、別におかしくはない。となると、もしかしたら田野が今回の事件の犯人である可能性も……。

　いや、と心の中で首を振る。拙速な判断は禁物だ。まずは田野という人物に会って確かめることが先決だろう。

「調べてみましょう」

　彼は言った。

「これから田野さんのところに行ってみます。こちらの警戒について上司に連絡を入れておきますのでご安心を。くれぐれも知らない人間を部屋に入れないように」

「わかりました」

美代子は真剣な表情で頷《うなず》く。そして、

「でも考えてみれば、無藤さんも今会ったばかりの知らないひとですよね」

「あ……そうでした。どうしようかな」

うろたえる無藤に、

「冗談ですよ」

美代子は頬を緩めた。

「無藤さんのことは、信用します」

「……どうも」

無藤もつられて微笑んだ。

11

途中で渋滞に巻き込まれ、時間を取られた。無藤の運転する車が北千住に到着したのは午後十時半を過ぎた頃だった。

教えられた住所にあったのは築二十年ほどの古ぼけた二階建てアパートだった。その一階の一番奥が田野の住んでいる部屋のはずだった。

部屋の明かりは消えているように見えたが、近付いてみると窓越しに微《かす》かな光が洩《も》れている。

試しに呼び鈴を押してみた。チャイムの鳴る音が聞こえたが、返事はなかった。しばらく待ってみたが、誰も出てこない。

出直すべきか、いや、その前に隣の部屋の住人に田野のことを訊いてみるべきかも。そんなことを考えながら視線を落とすと、入り口のドアが完全に閉まっていないのに気づいた。

鍵《かぎ》が掛かっていないのか。もしかして、誰かが中にいるかもしれない。もう一度呼び鈴を押す。やはり反応はない。

思いきってドアを開けてみた。生ゴミのような臭いが鼻腔《びこう》を刺激する。その中にアルコールと、何かの香料のような匂いも混じっていた。

窓越しに見えていた明かりは、天井に取り付けられた火災警報機に付いているランプだった。

「すみません」

中に声をかけてみる。応答はなかった。

電灯を点《つ》けてみた。雑然とした部屋が照らし出される。床にはゴミが散らばり、流しには使った食器やカップラーメンの容器などが積み上げられていた。人の気配は、ない。

奥にも、もう一部屋ある。無藤は意を決して部屋に上がった。

奥の部屋は六畳の和室だった。夏だというのに炬燵《こたつ》が出しっぱなしにされていた。壁にはエレキとアコースティック、二種類のギターが立てかけてある。その上に西洋人女性のヌードポスターが貼り付けられていた。

畳の上に小さな黒い袋が落ちていた。開けてみると煙草の葉をほぐしたようなものが入っていて、刺激的な匂いがした。脱法ハーブだ。どうやら田野は今でも常用者らしい。

もっと調べたい欲求に駆られたが、今でも自分は違法なことをしている。家宅捜索をするなら法に則《のっと》ったやりかたをしなければならない。無藤は部屋を出ようとした。

そのとき、炬燵の上に置いてあるものに眼が止まった。ロードマップだ。伏せてある。少し躊躇《ちゅうちょ》したが、裏返してみた。

世田谷区周辺の地図が掲載されたページが開かれていた。その一ヵ所にペンで印が付けられている。

「これは……」

無藤は思わず声をあげていた。印が付いているのは世田谷区代沢。美代子が住んでいるアパートのある場所だった。

田野は美代子の現在の住所を知っている。

地図に付けられた印が、ひどくまがまがしいものに見えた。

ロードマップを元に戻し、明かりも消して部屋を出た。そして路上でスマホを取り出す。

北小路邸の番号を呼び出した。電話に出たのは黒沼だった。

「南塚さんをお願いします」

しばらく待たされた後、南塚が電話に出た。

「無藤です。ちょっと気になることがあるんですが」

美代子に会った後に田野の部屋を覗《のぞ》いたことまで説明した。

「田野という男は元妻の居場所を知っています。もしかしたら小坂美代子のところに行くかもしれません」

――縒《よ》りを戻すために？

「ええ、あるいは……殺すつもりかも」

――それは、田野が一連の事件の犯人だってことか。

「その可能性はあります」

飛躍しすぎだろうか。いや、もしかしたらということもある。無藤は意を決した。

「小坂美代子の身辺警護が必要です。北沢署の応援を依頼していただけませんか」

——おまえはどうする？

「自分はこのまま田野の部屋を張ります。もしかしたら帰ってくるかもしれませんから」

——わかった。俺から亀岡さんのところに連絡しておく。そっちに応援は要るか。

「大丈夫です」

——そうか。無理はするなよ。

南塚には珍しく、気遣いのある言葉だった。

「ありがとうございます」

電話を切った後、少しの安堵《あんど》感と共に猛烈な空腹感が襲ってきた。気がつけば、昼から何も食べていない。

近くのコンビニに飛び込み、大急ぎで菓子パンと缶コーヒーを買って戻った。田野の部屋に変化はない。路地の隅で見張りながら、立ったまま食事を取った。

そのまま張り込みを続けた。二時間、三時間と無為に時が過ぎる。アパートに人の動きはあったが、違う部屋の住人だった。田野が戻ってくる気配はない。

冬の張り込みでなくてよかったな、と無藤は思う。刑事になりたての頃、二月の真夜中に経験した張り込みはきつかった。体が芯《しん》から冷えて歯の根が合わなかったのを覚えている。それで成果があったならよかったのだが、結局あのときは——。

「もしもし」

不意に背後から声をかけられ、無藤は飛び上がるほどに驚いた。

「あんた、ここで何してるの？」

立っていたのは制服姿の警官だった。不審者と間違われているようだ。

無藤は自分の警察手帳を差し出した。

「や、これは」

今度は警官のほうが驚いた。

「何か事件ですか」

「いや、まだはっきりとはわからないんですが……」

どこまで説明しようかと迷った。

「あの、このあたりのことについては詳しいですか」

逆に尋ねてみる。

「それはまあ、管轄内ですから」

自分より十歳近く年上らしい警官だった。

「あのアパートに住んでいる田野久則という男性のことを知ってますか」

「田野……」

「以前、脱法ハーブを使用して警察沙汰《ざた》になったはずなんですが」

「……ああ、あの男ですか。知ってますよ。このへんじゃ有名です。真夜中に大音量でギターを弾いたり大声で歌ったりして近所の住民から通報されたことがありますから。私も注意するためにアパートに行ったことがあります」

「そうですか。どんな人物ですか」

「大馬鹿者ですよ。普段は大人しいらしいんだが、酒に酔ったりすると騒音を撒《ま》き散らして暴れ出すんです。女房もいたんだが、ほとほと困り果てて逃げ出したそうですよ」

「なるほど。彼に会って話をしたいんですが、アパートにいないんですよ。どこにいるのかわかりませんか」

「それなら北千住駅前の『チタン』というスナックにいるかもしれません。田野が入り浸ってる店ですよ」

「ではそこに行ってみます。詳しい場所を教えてくれませんか」

「それなら御案内しますよ」

　警官は快く先導してくれた。

　その店は駅前の雑居ビルの地下一階にあった。入ってみると店内は狭くて暗く、あまり流行《はや》っているようには見えなかった。客は全部で四人、一緒に来てくれた警官に確認すると、その中に田野の姿はないようだった。

「一体、何ですか」

ママらしい女性が迷惑そうな表情で訊《き》いてきた。いきなり警官が入ってきたのだから心中穏やかではないのだろう。無藤は警察手帳を示してから尋ねた。

「田野久則というひと、この店の常連だそうですね？」

「ああタノちゃん。そうよ。今日は来てないけど」

「最近来たのは、いつです？」

「そうね……三日前だったかしら。タノちゃんがどうかしたの？」

「会って話したいことがあるんです。住んでいるアパートにもいないんですが、どこか他に心当たりはありませんか」

「どうかしらねえ。ここ以外のお店はどこも出入り禁止にされちゃったとか言ってたから。他に行くところなんて、わからないわ」

「本当に知らんのかね。隠すと為にならんぞ」

警官が言った。ママはむっとして、

「隠してなんかないわよ。そんな義理もないんだし」

と言い返した。

「まあまあ」

無藤は双方を宥《なだ》めて、

「田野というひと、どんな印象ですか」

ママに尋ねた。

「どんなって……面白いひとよ。話も楽しいし歌も上手《うま》いし。飲みすぎるとちょっと騒がしくなるけど、困るってほどでもないわ」

「ちょっとだって？　あれがちょっとかよ」

客のひとりが話に割り込んできた。

「大声でわけのわからん歌を歌って、俺たちのことを散々馬鹿にしただろうが。あんな奴、迷惑だ」

「シンさん、それは違うわよ。あのひとはみんなで楽しく飲もうって――」

「何がみんなで楽しくだよ。俺はあいつと一緒に飲む気なんかないぞ」

客の目付きが剣呑《けんのん》になってくる。どうやら田野にはあまりいい印象を持っていないようだった。

「あの馬鹿騒ぎに腹が立って怒鳴りつけてやったら、俺に食ってかかってきやがった。覚えてるか」

「覚えてるわよ。大騒ぎだったわ。あんたがタノちゃんをこの場で背負い投げしちゃったのよね」

「俺がちっこいから馬鹿にしてたんだろう。こう見えても柔道三段だ。あんなヤワな奴に負けるわけがない」

客が鼻を膨らませる。そのときの興奮が甦《よみがえ》ってきたようだ。

「俺に力で勝てないとわかったら、今度は『今のは暴行罪だ。俺には警察の知り合いがいるんだからな』とか喚《わめ》きやがった。虎の威を借る何とかってやつだ。つくづく卑《ひ》怯《きょう》な野郎だよ。俺にはママがあの男に肩入れする意味がわからん。あんな奴のどこがいいんだ」

「だって楽しいひとじゃない。わたしみたいなおばあちゃんだってレディとして扱ってくれるし」

六十歳は過ぎているだろうママは自分の両手を目の前に上げて、

「わたしの皺《しわ》だらけの手を『きれいだ』って褒めてくれたのよ。『まるで白魚みたいだ』って」

「本当ですか」

訊いたのは、無藤だ。

「本当にあなたの手を褒めたんですか」

「え？　ええ」

無藤の勢いにママはうろたえながら頷《うなず》く。

「どうかしたんですか」

警官が訊いた。

「いえ……ちょっと」

無藤は言葉を濁した。話をすれば長くなるし、捜査上の秘密をここで明かすわけにもいかない。

だが、重要な証言だ。もしかしたら田野は、女性の手に執着しているのかもしれない。一連の殺人者と同じように。


その日はスナックを出た後、また田野のアパートに戻り、張り込みを続けた。しかし田野が帰ってくることはなく、無藤も夜中の三時過ぎに諦《あきら》めて戻った。

翌日、捜査本部での捜査会議に出席して昨日仕入れた情報を披露した。南塚には特に口止めされてはいないので、自分の判断で話してもいいだろうと考えたのだ。

被害者たちの動画を集めたサイトが存在するという話に、捜査員たちは色めき立った。

「そのサイトを作った奴が犯人なのか」

不動は意気込んで訊いてくる。今すぐにも逮捕に行こうという勢いだ。

「それはまだ確定できません。でも、何らかの関係があるのではないかと推察されます」

無藤は慎重に言葉を選んだ。

「その件については、調査を進めているよ」

亀岡が補足した。

「サイトのデータを置いている会社に利用者の情報を提供するように依頼している。程なくわかるだろう」

「それ、俺に調べさせてください」

不動が言う。

「君には芹沢裕子が持っていた偽の鍵《かぎ》の出所を調べてもらっていたはずだけど？」

「それならわかりました。『カギ急便』という合鍵作りのチェーン店の新宿支店で製造されたものです。ただ、鍵を作らせた者についての情報は、はっきりしたものは得られませんでした。応対した店員の記憶が曖昧《あいまい》で、ただ男だったらしいということくらいしかわかりません。俺と年格好が似てたらしいんですけどね」

と、厳《いか》つい顔に笑みを浮かべ、

「ついでに言っときますと、高田香里の事件で使われた偽の鍵も同じ『カギ急便』の別の支店で作られてます。こちらも依頼者の情報は得られませんでした」

「そうか。期待してたんだが駄目だったか。まあいい。じゃあ君には――」

亀岡が言いかけたとき、ひとりの制服警官がＡ４用紙を一枚持って会議室に入ってきた。

「亀岡管理官、これを」

渡された亀岡は用紙を見つめ、それから不動に言った。

「サイトの制作者の情報が手に入った。不動君、調べてくれるか」

「了解しました」

不動は用紙を受け取り、それを読みながら会議室を出ていった。

と、それと入れ代わるように南塚がやってきた。

「おや、久しぶり。珍しいね」

亀岡が意味ありげな笑顔を向ける。

「ちょっと確認したいことがありましてね」

南塚は動ずる様子もなく、無藤の隣の席に腰を下ろした。

「さて、無藤君、他にまだ報告することはあったよな？」

「あ、はい」

亀岡に促され、無藤は小坂美代子と田野久則のことを報告した。

「もしかしたら次に小坂美代子が狙われるかもしれません。すでに北沢署には彼女のアパート周辺の巡回を密にしてもらうよう協力を要請していますが、何よりも大事なのは犯人を一刻も早く捕まえて憂いを絶つことです。そのためにも田野久則の早急な居場所確認、できるなら身柄確保が必要と考えます」

「田野が犯人だと考えるのかね？」

「断定はできません。しかし可能性を排除できないと考えます。スナックのママの証言では、田野は女性の手に執着しているようにも受け取れますし」

言いながら無藤は、隣にいる南塚の様子を窺《うかが》う。彼は無言のまま天井を見上げていた。彼の意見を確認したいところだが、今は自分だけで判断して話さなければならないようだった。

「あの、サイトの制作者の名前は、もしかして田野ではありませんでしたか」

「違うよ。杉坂《すぎさか》一郎という人物だった。住所は田無《たなし》だったな。田野とは別人のようだね」

「そうですか……」

サイトを作ったのが田野なら事件は一気に解決すると思っていたので、少し拍子抜けした。

「ま、そんなにとんとん拍子にはいかないわな」

南塚が呟《つぶや》くように言った。その物言いに少しだけムッとする。

「いいだろう。千住署に協力を要請しよう」

亀岡が言った。

「田野の足取りを追って居場所を特定する。可能なら任意で引っ張ってもいい」

「それと田野の部屋の家宅捜索もお願いします。あそこには何かあるかもしれませんから」

気を取り直して進言する。

「わかった。それも進めよう。他には？」

「今のところは、これだけです」

「南塚君、何か意見は？」

亀岡に問われ、南塚は首を回しながら、

「特には」

とだけ言った。

「さっき、確認したいことがあるとか言ってなかったかね？」

「あれはもう、いいです。わかりましたから」

何がわかったのか教えるつもりはないようだ。

その後も捜査会議は続いたが、これといった情報も出なかったし、捜査方針を変えるような意見もなかった。亀岡は各捜査員に指示を出し、会議を終えた。

無藤には特に指示は出なかった。

「自分は相変わらずですか」

他の捜査員が出払ったところで亀岡に言うと、

「不満かね？」

訊《き》き返された。

「そういうわけではありませんが……」

「謎のサイトの件も小坂美代子と田野久則の件も、君が調べだしてくれた。そのことについては評価しているよ。しかしそれも、南塚君の指示によるものだろう？　だったら今後も彼に付いて捜査をしてくれないかな」

「はあ……」

「俺と仕事をするのが不満かな？」

南塚に言われた。

「いえ、決してそんな……ただ……」

「ただ、折角見つけた手がかりを他の刑事が引っさらって捜査しているのが納得できないと」

「……」

「そんなにめげるなって。俺がまた面白いネタを見つけてやるから」

「ネタって、どんなですか」

「そうだな、たとえば kpt98000 の正体とか」

「kpt98000……動画サイトにコメント付けてた奴のことですか。誰だかわかったんですか」

「いや、まだだよ。おまえはどんな奴だと思う？」

「そりゃ、手フェチの変態ですよ。そして間違いなく、あの手フェチサイトを作った人間でもある」

「つまり杉坂一郎という男だと？」

「違うんですか」

「どうだろうな。まだ断定はできん」

南塚は目の前に指を立てて見せる。

「昨日、おまえが屋敷を飛び出した後で麻結ちゃんに頼んで、もう少しネットを調べてもらったんだが、kpt98000というハンドルを使っている奴の痕跡《こんせき》がいくつか見つかった。なんとかって掲示板にも書き込みをしているそうだ」

「本当ですか」

「ああ、同じハンドルを使っているまったくの別人って可能性がないわけじゃないがな。第二次大戦の歴史について情報を交換している掲示板で、その中でもナチスのことについて語っている投稿の中にkpt98000というハンドルを使ってる奴が見つかった」

「ナチス……」

「しかもユダヤ人虐殺についての話題に書き込みをしてるんだ。他の連中が殺害されたユダヤ人の人数についてあれこれ議論を戦わせてる中で、そいつだけが変なことを書いてた。『誰かマイネ・フレィヤと呼ばれる少女のことを知らないか。彼女は白い手を持っている』とな」

「マイネ・フレイヤって……あの？」

「そう、菅沼が持ってた写真集に載ってた少女のことだ」

「それだけじゃないですよ。『彼女は白い手を持っている』って、菅沼が写真集に書き残した言葉じゃないですか」

「菅沼が書いたのは正確には『女神は白い手を持つ。それは永遠へのパスポートである』だったけどな」

「同じようなものでしょ。でもどういうことなんですか。まさかkpt98000は菅沼？」

「いや、掲示板への書き込みは菅沼が死んだ後にされている。あいつじゃないよ」

「すると、どういうことなのかな？」

それまで黙ってふたりの会話を聞いていた亀岡が尋ねた。

「そのケーピーなんとかって人物と菅沼の関係は？」

「どこかで通じていた、と考えるべきかもしれませんねえ」

南塚が答える。

「共犯者とまでは言えないまでも、彼らは繋《つな》がっていた。菅沼の死後、kpt98000は彼の遺志を継いだのかもしれない」

「遺志というより、怨念《おんねん》かもしれないね」

亀岡が言った。

「僕らが相手にしているのは、菅沼の幽霊かもしれない」

「そんな、馬鹿な」

無藤は思わず上司の言葉を否定してしまう。

「あ、いえ……でも、幽霊というのは現実的ではないのではないかと……」

慌てて弁解した。

「もちろんだよ。幽霊なんているわけがない」

亀岡は笑った。

「いずれにせよ、菅沼の周辺をさらに洗うべきかもしれないね」

「こいつにやらせましょうよ」

南塚は無藤を指差した。

「この前、菅沼の友達って奴に話を聞いたよな？」

「はい、東田さんのことですね」

「他にも菅沼と近かった人間がいないかどうか調べてくれ。特に警察関係にな」

「警察？」

「言っただろ。警察内部に犯人がいる可能性もあるって」

「それは……」

無藤は亀岡を意識した。上司はしかし、特に表情も変えない。

「警視庁内で菅沼と親しかった人間を調べてみるよ」

自分から、そう言った。

「それを元に無藤君に聞き込みに行ってもらおう。いいね？」

「あ、はい」

無藤は頷《うなず》くしかなかった。

12

亀岡は仕事が早い。その日の午後には菅沼と近しかった警察内部の人間をひとりピックアップし、無藤とコンタクトを取る手筈《てはず》が整えられていた。

「僕のほうから話は通してあるから、存分に聞いてきてよ」

そう言われ、無藤は桜田門に向かった。

会ったのは菅沼が所属していた殺人犯捜査五係の同僚、茂木弘文《もぎひろふみ》。無藤とも面識のある人物だった。

「おまえが菅沼の事件を洗ってるのか。どうしてだ?」

無藤の顔を見るなり、茂木は訊いてきた。四十一歳という年齢のわりには老けて見える。日焼けした顔には皺《しわ》が多く、髪もかなり薄くなっていた。人懐っこそうな顔付きをしているが、眼の奥には刑事らしい強い光がある。

無藤は現在起きている事件の概要を話した。

「——こういうわけで、一連の事件の犯人と菅沼との間に何らかの関係があったのではないかと疑われているわけです。それで生前の菅沼と親しかったひとに話を聞こうと思いまして」

「親しかった、か」

茂木は渋い顔をする。

「正直、あいつのことは忘れていたい。後悔するばかりだからな」

「後悔というと?」

「俺は菅沼が一課にはいってきたときから知ってる。その意味ではまあ、親しかったといえるのかもしれん。一緒に捜査もしてたしな。他の連中はあいつのことをお坊ちゃんだのキャリアのなり損ねだのと揶揄《やゆ》していたが、俺は買ってたんだ。あいつは刑事として大成できるとな。だから眼をかけてやったし、俺の知ってるノウハウは可能な限り教えてもやった。菅沼のことは理解していると思っていたんだ。だからこそ、あいつのしたことにはショックを受けたんだよ。そういう人間だったと見抜けなかった自分の迂闊《うかつ》さにな。俺がもっと早くに気づいていたら、もしかしたらあんなことをしないようにできたかもしれん。そう思うと後悔の念が湧いてくるのさ」

そう言うと茂木は、かすかに笑みを浮かべた。

「そういう考えが傲慢《ごうまん》なのはわかってる。だがな、もしかしたらって思いは拭《ぬぐ》えないんだよ」

彼も菅沼の事件では傷ついているのだな、と無藤は思った。その傷には触れないようにして、次の質問に移った。

「茂木さんから見て、菅沼はどういう人間でしたか」

「頭がよかったな。取っつきにくい奴だったが、仕事覚えは早かった。早々と俺なんかを飛び越えて、末は係長あたりまで行けるんじゃないかと期待してた」

「人殺しをしそうな感じはなかったんですか」

「さっきも言ったように、そんな人間だとは思わなかった。たしかに他人に対して冷笑的でな、同僚たちからちょっと浮いてるようなところはあったが、まさか婚約者を殺すような人間だとは思わなかったよ」

「彼がどうしてあんなことをしたのか、茂木さんならどう考えますか」

「わからんな。これまで仕事で何十人と人殺しを見てきたが、菅沼はその中のどのタイプにも属さないような気がする。あえて言うならサイコパスが近いかな。俺は今までサイコパスに出会ったことはないが」

「菅沼は病気だったと？」

「サイコパスを病気と言っていいのかどうか、俺にはわからんがな」

「すみません」

「謝らなくてもいい。菅沼がサイコパスだった証拠もないしな。だが、思い返せばそうだったかもという気もしてくる。まあ、今となってはどうでもいいことだがな。ところでさっきの話だと、菅沼の犯行を真似ている奴がいるってことだが？」

「はい」

「それもかなり細かいところまで似せていると。それだけのことができる以上、あいつとかなり親しかった人間が……なるほど、それで俺に会いにきたのか。俺がその殺人犯である可能性があるかどうか見極めるために」

「そんな、違いますよ」

　無藤は慌てて首を振る。

「隠すな。むしろはっきり言ってくれたほうが、こっちも素直に対応できる。だが俺は人殺しじゃないぞ」

「はあ……」

どう答えたらいいのかわからなかった。

「ほら、もう少し突っ込んで訊《き》いたらどうだ？　事件が起きたときのアリバイがあるかとか、被害者と面識があるかとか、訊くことはたくさんあるだろう」

「そうですね。でも、どうもやりにくい」

無藤が思わず本音を口にすると、茂木は笑った。

その後、言われたとおり彼のアリバイを確認したが、これといって怪しい点は見つからなかった。

「俺が思うに、犯人は警察内部の人間じゃない」

質問の後で、茂木が言った。

「たぶんそいつは警察外で菅沼と繋《つな》がりのあった奴だ。そっちは調べてるのか」

「はい、それはそれで調べています。ただなかなか犯人に結びつく情報が手に入らなくて四苦八苦しているところです」

「俺から助言してやろう。女を追え」

「女？」

「菅沼と繋がる女だ」

「そんな女性がいたんですか」

「わからん。あいつは婚約者だった女のことさえ、あまり話さなかったからな」

「じゃあ、どうして女を追えと？　何か根拠があるんですか」

「根拠？　それならある」

茂木は断言した。

「俺の、勘だ」

「え？」

無藤がよほど変な顔をしたのだろう、茂木は笑いだした。

「冗談だよ。真に受けるな」

「はあ……」

こんな時に冗談なんか言われても、と文句も言いたい気分になったが、年上の相手にそんなことを言えるはずもない。

「俺のこと、怒ってるだろ」

茂木は追い打ちをかけてくる。

「思ってることが顔に出るタイプだな。そんなんじゃ、いい刑事になれないぞ」

「………」

「ほんとにわかりやすい奴だな。たしかにさっきのは冗談だが、おかげでひとつ思い出したことがある。あれは半年くらい前かな。あいつが婚約したという話を聞いた後だ。俺が相手はどんなひとだと訊いたら、ピアニストだと教えてくれた。美人かと訊いたら、もちろんと答えやがった。さっそくお惚気《のろけ》かよと冷やかしてやったら、客観的な事実を述べただけだと言った。客観的に見て美人で、手がきれいだとな」

「手が……」

「どうかしたか」

「いえ、それで？」

「美人のピアニストなら嫁さんとして自慢できるなと言ったら、あいつは涼しい顔で、妻にする女にはそれくらいしか望まない、と言った。ずいぶんとドライな考えかただと思った。だから一生夫婦として付き合っていくなら気持ちが通じ合わなきゃ駄目だろうが、と説教してやったんだ。そしたらあいつ、それは霊的な結びつきという意味か、と訊き返してきた。あいつの口から『霊的』なんて言葉を聞くとは思わなかったよ。とにかく俺は、霊的というか精神的というか、そういうものだと答えた。するとあいつは、それなら別にある、と言ったんだ。別ってなんだ、他に女がいるってことか、と訊いたけど、答えなかった。だが、あのときの俺の感触では、婚約者とは別に誰かいるんじゃないかって気がしたんだ」

「他に誰か……女が？」

「そんな気がしたってだけだ。だが、俺のこういう勘は結構当たるんだ」

茂木は自信ありげに言った。

どこまで信じていいのか、無藤には判断ができなかった。茂木と別れた後も、その真偽について考えつづけた。

彼の話は、妙に気になった。

結婚相手に外見の良さしか求めない男性も、いないことはないだろう。心とか気持ちの通じ合いなど二の次で、見映えさえ良ければと思う男だって、いるはずだ。菅沼はそういう男だったのかもしれない。でも、それは愛着ではあっても、愛情ではないような気がする。

菅沼は水岡紗緒のことを本当は愛していなかったのではないか。そしてもしかしたら彼には他に何か、別の存在がいたのかもしれない。

ひどく曖昧《あいまい》で、確証もない話だった。でも、そんな気がしてならなかった。

車の中でぼんやりと考えていたら、スマホが鳴った。路肩に停車して、電話に出る。

「もしもし？」

――亀岡だ。茂木君への聞き込みはどうだった？

「あまり、成果はありませんでした」

茂木との遣《や》り取りについて、ざっと報告した。

――他に女がいたというのは、茂木君の勘でしかないのだね？

「そうです。だから確証はありません。もしいたとしても、それが事件に関係しているかどうかもわかりませんし」

――なるほど、たしかに成果があったとは言えない状況だね。また八方塞《はっぽうふさ》がりか。杉坂一郎のことといい、この事件は摑《つか》んだと思った手掛かりがすぐに途切れてしまいったよ。

「杉坂って、あのサイトを作った男ですよね。何かわかったんですか」

――いや、わからなかった。サーバーを運営している会社に登録されていた田無の住所には杉坂一郎なんて人間はいなかった。

「そんな……メールアドレスは？　サイトを立ち上げるときには登録する必要があるんじゃないですか」

――たしかにね。でもそれも、いわゆる使い捨てメールアドレスが登録されていたんだ。今は使えなくなっている。サーバー側もずいぶんと杜撰《ずさん》な管理をしているようだね。

「じゃあ、サイトの制作者を特定することはできないわけですか」

――望み薄のようだ。それで君の方に一縷《いちる》の望みを託して電話をかけてみたんだがね。

「……すみません」

――いや、君の落ち度じゃないんだから謝る必要はないよ。とにかく戻ってきてくれ。今後のことを検討しよう。

「わかりました」

電話を切り、車を発進させようとする。が、ふと思いついてもう一度スマホを手に取った。

番号はメモリに入れておいた。かけてみると、呼び出し音が鳴っているのは確認できるのに、なかなか相手が出なかった。留守なのだろうか。諦《あきら》めて電話を切ろうとしたとき、相手が出た。

――もしもし？

少し躊躇《ちゅうちょ》するような声だった。

「あ、小坂さんですか。警視庁の無藤です」

――ああ、無藤さん。ごめんなさい。誰から電話がかかってきたのかわからなくて。

小坂美代子の声に明るさが戻った。

「脅かしてしまって、すみません。様子はどうかなって」

――大丈夫です。警察のひとも様子を見に来てくれてますし、わたしも気をつけてますから。

「そうですか。それならいいんですが」

——来てくれた刑事さん、無藤さんに頼まれたって言ってました。わたしのために本当にありがとうございます。感謝してます。

「いや、自分はただ、小坂さんの身を守りたいと思っているだけのこと……ですから」

——私を守ってくれるんですか。

「あ、はい。守ります」

言った後で、妙に照れてしまった。

「そ、それで、妙な人間が接触してきたりとか、妙な電話がかかってきたりとか、そういうことはありませんか」

——はい、特には。

「前のご主人からも？」

——田野ですか。いいえ、電話も何もありません。あの、やっぱり田野が犯人なんですか。

「いや、そういうわけではないんですが……」

——じゃあ、他に犯人がいるんですか。

「いや、まだはっきりしたことは……」

曖昧にしか言えない自分がもどかしかった。

「とにかく、警察が全力をあげて捜査をしていますから、間もなく犯人がわかると思います。それまで申しわけありませんが辛抱してください」

――わかりました。無藤さんを信じて待ちます。

電話を切った後、美代子の言葉が頭の中でリフレインした。

無藤さんを信じて。

緩みかけた頬を、引き締める。信頼に応《こた》えなければならない。

捜査本部に戻ってみると、南塚の姿はなかった。

「南塚？　あんなの知るか」

先に戻っていた不動が苦々しげに言った。

「どうせまた職場放棄して帰りやがったんだろ。妹の言うとおり、世の中には無駄に生きてる奴が多すぎる」

南塚さんは無駄なひとじゃない、と言い返したかったが、なんとか我慢した。ただ腹の中で『このシスコン男』と誹《そし》るだけにしておいた。

亀岡のところに行って尋ねると、

「南塚君は帰ったよ」

と、あっさり言われた。

「ほんとに自由なひとだなあ」

思わず厭味《いや》を言うと、亀岡も笑いながら、

「ま、それが許される人間だからね。でも置き土産は残していってくれたよ。これだ」

テーブルの上に置かれたのは、無藤が見つけたメモ帳の破られたページだった。

「君が出かけた後で南塚君が、他の部分もシャープペンシルで擦《こす》ってみたんだ。そしたら、もうひとつ浮かんできたものがあった」

無藤はその紙片を覗《のぞ》き込む。例のURLの他、右隅にも文字が浮きだしていた。

「kpt98000……これは……」

「動画にコメントしていた人物のハンドル名だったね。でも書かれているのは、それだけじゃないだろ?」

「そうですね。kpt98000＝神とありますね。どういうことでしょうか」

「文字どおり、その人物を神と崇《あが》めている、ということかもしれないね。それくらい絶対的な存在と思われているのか」

「でもネット上では神なんて言葉、かなり緩く使われてますよ。ちょっと人に真似できないことをしたり、誰かのためになることをしただけで神って呼ばれたりしますから」

「そういうものかね。では、どう解釈する？」

「そうですねえ……あの『白い手collection』ってサイトを作った人間――それがkpt98000であることは間違いないでしょうけど――を同好の士が神と崇め奉ったんじゃないでしょうか」

「なるほど、南塚君の解釈と一致するね」

「本当ですか」

南塚と考えが同じだというのは、いささか気分がいい。無藤はさらに続けた。

「問題は、このメモを書いたのが誰かということです。もしもそれが菅沼だったとしたら、彼はあのサイトを作ったkpt98000なる人物を尊敬し、神と崇めたのかもしれません。そして、もしかしたら彼が水岡紗緒さんを殺害したのも、その影響なのかもしれない」

「見事だね」

亀岡は言った。

「南塚君の言ったとおりだ。君はそこまで考えるだろうと言っていた」

最初は褒められたと思って頬が緩みかけたが、すぐに言外の意味に気づいた。

「本当は違うってことですか」

「いや、理に適《かな》った考えかただと思うよ。ただそれが真実かどうかは、今のところはわからない。検証が必要だね。それで君に、これを頼みたいんだ」

亀岡は自分の机に置いてあるノートパソコンを指差した。

「ネットで特定の語句について検索して、その中で今回の事件に関連がありそうなものがないか調べてほしいんだ」

「どんな言葉を検索するんですか」

「それは南塚君がリストアップしてくれている」

亀岡は一枚の紙片を差し出した。二十個あまりの語句が書き出されている。

「〝菅沼祐輔〟〝水岡紗緒〟〝高田香里〟……彼らのことを検索するんですね？」

他にも〝白い手〟〝アウシュビッツ〟といった語句も含まれている。

「頼むよ。このパソコンを使っていい。部屋も用意したから、そこでやってくれ」

「わかりました」

無藤はノートパソコンを持って部屋を移動した。空いている会議室だった。そこでひとり、パソコンに語句を打ち込む。

最初に〝菅沼祐輔〟で検索してみた。出てくるのは水岡紗緒殺害事件に関するニュース記事や、それについて書かれたブログの記事などだった。現職警察官が犯した殺人ということで話題になったこともあり、かなりのヒット件数がある。それをひとつひとつチェックしていった。

だが、有益な情報を得られそうなものは、なかなか見つからなかった。五十件調べたところで早くも嫌気が差し、百件を超したころには頭がぼんやりとしてきた。やっとのことで最後まで確認し、大きな欠伸《あくび》をする。これといったものは、なかった。

続けて〝水岡紗緒〟〝高田香里〟など、事件の関係者について調べてみる。どれも菅沼ほど多くのヒット件数があるわけでもないが、ひとつひとつ調べていくのは結構骨の折れる作業だった。しかも、得られるものがない。

こんなことに時間を費やしているくらいなら、他のことをしたい。つくづくそう思った。例えば小坂美代子の警護とか、田野久則の行方捜しとか、するべきことはあるはずだ。どうして自分は、こんな意味のなさそうな仕事をさせられるのか。もしかしたら自分を捜査から遠ざける言い訳にされているのではないか。そんな気さえした。

かれこれ二時間ほどもネットサーフィンを続け、眼の疲れが限界に達した。席を立ち、部屋の中を歩き回りながら気分転換をする。それでも頭がはっきりしないので、自販機で缶コーヒーを買ってきた。それを飲みながら再びパソコンのディスプレイを見つめ、マウスをクリックする作業に戻った。

そのブログに行き合ったのは、検索を開始して三時間ほど経ったころだった。

小見出しに「白い手の夢」とあった。そのブログの作者は新幹線に乗ったとき、車内販売の女性の白く美しい手を見て強い衝撃を受けたと語っている。彼の言葉をそのまま引用すれば「マジ、すっげえキレイ」だったそうだ。しかもその後、座席で居眠りをしているときに、その女性が夢に出てきたそうだ。夢の中で彼は女性を呼び止め「手をくれ」と頼んだ。すると女性は笑顔で自分の両手首を取り外して渡してくれた。彼はその手を抱え、とても幸せな気持ちになった。夢から醒《さ》めたとき、白い手が自分のものになっていないことに気づいて、これも彼の言葉を引用すれば「マジへこんだ」そうだ。そして最後に記している。

「やっぱさ、女って手だよね。手のキレイな女がイチバン。てか、手さえあればいいかも。俺、手フェチ？　かもね」

無藤はそのブログを何度も読み返した。軽い文体で書かれている文章だが、読んでいるうちに何とも重く暗い気分になってきた。それは内容のせいだけではない。このブログを書いた人間のせいだ。

無藤はこのブログを〝白い手〟で検索して見つけたのではなかった。〝田野久則〟で調べているうちに遭遇したのだ。美代子が言っていた、彼が所属しているバンド——black entropyという名前だった——のサイトにある各メンバーのブログのひとつだ。

無藤はブログの記事を遡《さかのぼ》ってみた。ライブの様子や飲み会、自分の持っているギターについて書かれていることが多い。白い手について書かれている箇所は、他には見つからなかった。脱法ハーブを使用して暴れて警察の厄介になったことも、別れた妻のことも書かれてはいない。

ライブ後の打ち上げに撮影したという彼の写真も載っていた。痩《や》せて頬骨の出た、目付きのよくない粗野な雰囲気の男だった。無藤はその写真を見つめる。

彼がkpt9000を名乗り、「白い手collection」というサイトを立ち上げた本人なのか。そして彼が、一連の事件の張本人なのか。

速断は禁物だ。もっと調べる必要がある。だが、無藤の中ではそのことが確信になりつつあった。

田野のブログをブラウザのブックマークに登録すると、ノートパソコンを手に会議室を出た。そのまま亀岡の許《もと》へ向かう。

幸い彼は在席していた。

「見ていただきたいものがあります」

そう言って、彼の前にパソコンを置いた。

亀岡にブログの記事を読ませ、自分の見解を話した。

「なるほど、すべては田野久則の仕業だというのが君の考えなんだね」

「その可能性が高いのではないかと考えます」

「田野と菅沼の関係は？」

「それについては何もわかりません。ただ、ひとつ思い出したことがあります。田野が通っているスナックで店の客と揉《も》め事になったとき、彼は『自分には警察に知り合いがいる』と脅したそうなんです」

「警察の知り合い？　誰なんだ？」

「わかりません。口からでまかせだったのかもしれません。でも、もしかしたら本当に警察関係者で面識のある者がいるのかもしれない」

「それが、菅沼だったと？」

「想像ですが」

「ふむ……」

亀岡は自分のこめかみを指で叩《たた》きながら、

「わかった。もうすぐ夜の捜査会議があるから、そこで指示を出す。田野久則の身柄確保を最優先で行う」

「ありがとうございます」

無藤は頭を下げた。

「君の見込みが当たっているといいな」

亀岡に言われ、無藤はもう一度頭を下げる。本当に、そうであってくれればいいと思った。

捜査会議が終わる頃には日付が変わっていた。

「今日も午前様か」

生欠伸《なまあくび》をしながら不動がぼやいた。

「無藤、もう帰るのか」

「そのつもりです」

もしかしてこれから飲みに行こうなどと誘われるのだろうか、と警戒しながら無藤は答えた。

「明日《あした》もあるんで」

「そうだな。明日も地道な捜査だ。自分の家に引き籠《こ》もってぐだぐだ考えていても犯人は捕まらん。そうだろ？」

南塚に対する当てつけなのは明らかだった。答えに躊躇《ちゅうちょ》していると、不動は無藤に顔を近付けて、

「おまえもいい加減、あの男とは縁を切ったほうがいいぞ。おまえの刑事人生に傷が付く」

「いや、でも……」

「おまえが本気で離れたいなら、俺のほうから管理官に言ってやる。あんなクズの世

話役なんかやってるより俺と一緒に働いたほうが、おまえのためにもなる」

自信満々な言いかただった。それが癇《かん》に障った。

「はっきり申し上げますが」

無藤は言った。

「南塚さんはたしかに変人ではあるし刑事としては破格ですけど、それでも真実を見極めて真相に辿《たど》り着く才能は抜群です。自分は、南塚さんを尊敬しています」

不動は無藤の言葉に眼を剝《む》いた。怒るだろうな、と覚悟する。

が、その表情は意味ありげに和らいだ。

「そうか、おまえはあいつを尊敬しているのか。ならしかたないな」

ポケットに手を入れたまま、そう言った。

「だが気をつけろ。あいつは自分のことしか考えてない人間だ。たとえおまえが誠心誠意尽くしたところで、気にも留めやしないだろう。利用されて、それで終わりだ。富山《とみやま》と同じようにな」

「富山？　誰ですか」

「おまえが警視庁に来る前に南塚と働いてた奴だ。若くて行動力があって、将来を期待されていた刑事だった」

「そのひと、どうしたんです？」

「辞めたよ。南塚の下に付いて半年で辞表を出した。元気な奴だったが、辞めるころにはすっかり憔悴《しょうすい》してた。きっと、何か酷《ひど》い目に遭っていたんだろう」

「ほんとですか」

「俺が嘘をつくわけないだろうが。いいか、南塚は部下を潰《つぶ》すタイプの人間だ。そんな奴に関わってると、おまえも駄目になるぞ」

不動の表情は真剣に見えた。

「俺はおまえのためを思って言ってるんだ。南塚には関わるな。もっと真っ当な刑事人生を歩め」

「はあ……」

曖昧《あいまい》に頷《うなず》きながら、この厄介な上司からどう逃げるか思案していた。そのとき、胸のポケットに振動を感じた。

「あ、すみません」

一言断ってから、着信音を鳴らし続けるスマホを取り出す。表示されている名前は「小坂美代子」だった。

「こんな時間に？」

訝《いぶか》りながら電話に出る。

「もしもし？　小坂さん？　どうかしたんですか」

返事はなかった。何かガサガサと擦れるような音がするだけだ。

「もしもし？　小坂さん？」

もう一度問いかけたが、やはり返事はない。そのまま電話は切れてしまった。

「……何なんだ？」

無藤はかけ直してみようとする。

「どうした？　何があった？」

不動に訊《き》かれた。無藤はリダイヤルしようとする指を止めて、

「いや、例の小坂美代子さんから今、電話があったんですけど、変なんですよ。何も言わずに切れてしまって」

「小坂美代子？　犯人の次の標的になるかもしれないって女か」

「そうです。こっちからかけ直して――」

「いや、それより直接向こうに行ってみたほうがいいぞ。何か厭《いや》な予感がする」

不動に言われ、無藤も不意に胸騒ぎを感じた。

まさか……。

「俺も行く。一緒に小坂美代子のアパートに行こう」

そう言うと不動は走り出した。

「急げ！」

不動に急《せ》かされ、無藤も一拍遅れて後に続いた。

石神井署を出ると車に乗り込んだ。

「小坂美代子のアパートは代沢だったな？」

助手席の不動に訊かれる。

「一時間近くかかるか。何もなければいいが」

車を発進させる前に、あらためて電話をかけ直してみた。だが美代子の携帯電話は電源を切られているようだった。

「一体、どうしたって――」

「気にしてる暇があったら車を出せ」

不動に言われ、無藤はアクセルを踏んだ。

環八通りから首都高へ。車を走らせている間、無藤も不動も無言だった。無藤は内心の焦りを無理矢理抑えながら、ハンドルを握った。

美代子のアパートに到着したのは、午前一時過ぎだった。真夜中にもかかわらず彼女の部屋の窓からは明かりが洩《も》れていた。

彼女は部屋にいるのか。

インターフォンを押す。室内でチャイムの鳴る音が聞こえた。しかし、応答はない。もう一度押してみる。そしてもう一度。やはり返事はなかった。

ドアノブに手を掛けた。動かない。鍵《かぎ》が掛かっている。

「小坂さん?」

呼びかけてみた。

「いらっしゃるんですか。小坂さん、無藤です。いらっしゃるのならドアを開けてください。お願いします」

それでも何の反応もない。

「一体、どうしたんだ……」

無駄とわかっていながらドアノブを回しつづけた。

「このアパートの管理人は誰かわかるか」

「管理人……ああ、オーナーならわかります」

「ちょっと行って鍵を借りてこい。このままじゃ埒《らち》が明かない。俺はここで待ってるから」

「わかりました」

再び車に乗り込み、道玄坂へ向かう。

途中で電話を入れた。呼び出し音十回目で出た和菓子屋の主人に深夜遅く電話をした非礼を詫《わ》びた後で、美代子の部屋の鍵を借りたいと告げた。

「中にいるかもしれないのに返事がないんです。それで確認のために部屋を開けたいのですが」

――美代ちゃん、何かあったんかね？

「わかりません。何もないといいんですが」

――……わかった。鍵は用意しておく。すぐに来てくれ。

話が早かった。礼を行って電話を切り、車を走らせる。

和菓子屋の主人はパジャマ姿のまま家の前で待っていてくれた。車を降りた無藤に鍵を差し出す。

「これだ。美代ちゃんを頼む」

「ありがとうございます」

鍵を受け取り、すぐに車に戻った。

急いで往復したが、四十分近くかかってしまった。再び美代子のアパートに戻ると、部屋の前で不動が待っていた。

「鍵はあったか」

「ありました。小坂さんは？」

「あれから何度か呼びかけてみたが、返事はない。窓から中を覗《のぞ》こうとしたが、カーテンが閉まっていて駄目だった。とにかく中を確認するぞ」

「はい」

無藤は借りてきた鍵を鍵穴に差し込んだ。

ドアを開ける。

「小坂さん！」

キッチンを抜け、その奥の六畳間へ。

そして、硬直した。

部屋は荒らされていた。ポスターは破られ、並べられていた木像は軒並み倒れている。

小坂美代子は、その部屋の中央に仰向けの状態で倒れていた。薄く眼を開き、口も半ば開いている。

「こいつは……」

後から入ってきた不動が呻《うめ》く。そしてすぐに美代子の前に座り、首筋に手を当てた。

「……駄目だ。死んでる」

死んでる。その言葉が無藤の心臓を貫いた。

死んだ。美代子が、死んだ。

「そんな……」

視界が歪《ゆが》む。体のバランスが取れずに、その場に座り込んだ。

「小坂さん……そんな……」

「こらっ、しっかりしろ！」

不動に叱咤《しった》された。

「すぐに連絡だ」

「あ……はい」

自分のスマホを取り出して電話をかけている間も、無藤は自分の行動が他人事《ひとごと》のように感じられた。世界全体に薄い被膜がかかっているようで、現実感がなかった。

――はい、北小路でございます。

男性の声がした。それではじめて、自分がどこに電話をかけたのか理解した。

「南塚さんを、南塚さんをお願いします」

無藤は言った。

「助けて、ください……」

13

アパートの外で鑑識員や捜査員が慌ただしく行き来するのを見ながら、無藤はやはり現実に戻れないでいた。

映画を観ているようだった。何もかも、本当のことには思えなかった。

同僚の問いかけにはきちんと答え、遺体発見までの経緯をきちんと話すことはできた。だがそれも、自分がしていることとは思えないでいた。

美代子が死んだ。美代子が、死んだ。

その言葉が彼の脳裏を駆けめぐり、伽藍《がらん》に響く声明《しょうみょう》のようにこだました。

美代子が、死んだ。美代子が、死んだ。美代子が――。

――無藤。

遠くで自分を呼ぶ声がする。彼はぎこちなく、その方向に顔を向けた。

――大丈夫か。

声の主が視界に入る。よく知っている顔だ。よく知っている……。

「おい、しっかりしろ」

誰だかわかったと同時に、その声も間近に聞こえた。

「……南塚さん……」

その名を口にした瞬間、自分が泣きだしそうになっていると気づいた。理性がぎりぎりのところでそれを押し止める。

南塚はいつものように煙草をくわえていた。相変わらずの無精髭《ぶしょうひげ》とぼさぼさの髪。ワイシャツも着崩れているし、スラックスもよれよれだ。だがその姿が今の無藤には神々しく見えた。

「……すみません」

口から出たのは、謝罪の言葉だった。

「自分がしっかりしてないばかりに、こんなことに……」

「自分を責めてる暇があったら、仕事をしろ。さっきの電話じゃ要領が摑《つか》めなかった。もう一度最初から話せ」

「……はい」

無藤は深呼吸をひとつして、話しはじめた。話しながら意識を現実に引き戻していく。世界を覆っている被膜が薄くなり、やがて消えた。

「わかった」

南塚は頷《うなず》く。

「仏さんを見に行くぞ。来い」

そう言って美代子の部屋へ向かう。無藤は黙ってついていった。

狭い部屋に入るには他の捜査員が出るのを待たなければならなかった。ようやく中に入り、美代子の遺体がある六畳間に入った。

彼女は発見されたときのままの状態で倒れている。無藤は体の一部が削《そ》ぎ落とされるような痛みを覚えた。それを必死に堪《こら》え、遺体を見つめた。

命を失ってなお、美代子は美しかった。

南塚は彼女の前で手を合わせ、それから検分を始めた。

「今回は手首の切断はなしか。その代わり……」

彼の指先が美代子の手首を伝う。

彼女の手は、体の前で縛られていた。半袖《はんそで》のブラウスから伸びる白い手に、黒く細い皮紐《ひも》が巻き付いている。

「なるほどな」

独りごちて立ち上がった。

「死因は絞殺で間違いないようだな」

その言葉に、鑑識員のひとりが反応した。

「詳しいことは解剖結果を待たなければわかりませんけど、頸部《けいぶ》の索状痕《こん》から見て間違いないかと。凶器は細い金属チェーンのようなものと考えられます」

「これまでの事件と同じじってことか。死後一時間から三時間くらい経ってると見ていいか」

「そうですね。今が午前三時半ですから、午前零時半から二時半の間に殺害されたと見ていいようです」

「無藤、おまえのケータイに小坂美代子から電話がかかってきたのは、何時だ？」

「あ、はい」

無藤は自分のスマホを確認する。

「午前零時十九分です」

「電話の後、間もなく殺害された可能性もあるな。あるいは、おまえたちがここに向かっている最中に」

「そう、ですね」

また居たたまれない気持ちに落ち込みそうになるのを、無藤は奥歯を噛《か》みしめて堪えた。

「被害者のケータイは？」

南塚の問いかけに、他の鑑識員がビニール袋に入れたピンク色の携帯電話を持ってきた。

「遺体のすぐ傍に落ちていました」

南塚は袋越しに電話をチェックする。

「電源、切れてるな。発見したときからそうだったか」

「ええ、オフになってました」

「ふうん……」

携帯電話を見つめたまま、南塚は首を傾げた。

「そう言えば、もうひとりの第一発見者はどこにいる？」

「ここだ」

すぐに応じる声がした。

「わざわざ出張ってこなくても、ここは俺たちだけで充分だぞ」

不動はやはり敵意剝《む》き出しで食ってかかってきた。しかし南塚は平然とした様子で、

「不動先生はここに到着して、無藤に鍵《かぎ》を取りに行かせたんだよな。その間、何をしてた？」

「別に」

「アパート周辺を見張っていた。特におかしな奴はいなかったが。それがどうした」

南塚の返答は素っ気なかった。

「ドアには鍵が掛かっていた。それは間違いないか」

「ああ、間違いない。疑うのか」

「別に。で、偽物の鍵は？」

「それならケータイと一緒に遺体の近くに落ちていた」

「今回も律儀だな。わざわざこれが一連の事件のひとつだと教えてくれている」

「違うと思ったのか」

「いいや、これも同じ犯人の仕業だ。無藤」

「はい」

「おまえ、前にこの部屋に入っているよな。そのときと今とで違っているところはあるか」

「それは……えっと……」

無藤は部屋を見回す。

「……ポスターが破れていたり木像が倒れていたりといったところは違いますけど、他には、特にないです」

「そのガルーダの像とかも、前からここにあったんだな」

「ありました」

「ふうん」

南塚は倒れているガルーダの像を手に取った。鳥のような翼を広げている異形の神の像だ。

ひととおり眺めてから、南塚は像を戻した。

その後、彼はずっと無言だった。他の捜査員が調べまわっているのを、ただ黙って見ているだけだった。無藤は何か話しかけたかったが、何を話していいのかわからなかった。

やがて陽が昇り、あたりは明るくなってきた。美代子の遺体は搬送され、捜査員たちも一旦《いったん》引き揚げることになった。

石神井署に戻り、そのまま捜査会議が始まった。無藤はあらためて事件の経緯について話し、不動がそれを補足説明した。

会議で重要視されたのは、美代子の元夫である田野の行方だった。彼が美代子に執着していたことは明らかであったし、居場所を知っていることも明白だった。田野が彼女を殺害した可能性は高いと判断された。

問題は、これまでの事件との関連だった。美代子の殺害が高田香里、芹沢裕子、梅本澄江らの事件と同じものであると考えるのは自然だったが、では田野が彼女たちも殺したと考えてもいいのか。

会議では田野が一連の事件の犯人である可能性が高いという意見が大勢を占めた。彼が「白い手collection」というサイトを立ち上げて自分好みの女性のデータを収集し、次々に殺害していった。そしてついに、元妻まで手にかけたのだ、と。

亀岡もどうやら、その意見に賛同しているようだった。

「田野久則についての情報は、まだないのかね？」

彼の問いかけに、田野を追いかけている刑事が申し訳なさそうに、

「はあ、まだ足取りは摑めていません」

と報告した。

「そうか。では見つかり次第、任意で取り調べよう」

会議を終えた後、亀岡は無藤のところにやってきた。

「君は一休みするといい。寝てないだろ」

「でも、他のみんなも同じですから」

そう言って立ち上がろうとしたところへ、

「無藤は、俺が引き取ります」

南塚が言った。

「俺も一度帰って頭を冷やしてみますよ」

「そうか」

亀岡は頷《うなず》いて立ち去った。

「南塚さん、自分は――」

無藤は抗弁しようとしたが、

「おまえ、鏡で自分の顔を見てみろよ」

と南塚に言われた。

「屋敷に戻ろう。一休みして、それから飯だ。何も食ってないだろ」

「それは、そうですけど……でも不動さんも不眠不休で頑張ってますし」

「あいつだって今はどこかで仮眠を取ってるさ。寝ない食わない休まないじゃ、ろくな仕事はできんぞ」

半ば強引に署から連れ出された。

「車、運転できるか」

「大丈夫です」

そう言ってから、

「そんなに自分、ひどい顔してますか」

と訊《き》くと、

「赤信号で突っ込むんじゃないかって心配になる程度にはな」

南塚は答えた。

「そんなこと、しませんって」

無藤は笑った。自分でも説得力のない笑みだとわかった。

それでも彼が運転する車の助手席に、南塚は座ってくれた。

旧早稲田《わせだ》通りから新青梅《おうめ》街道を走る。冷静に運転できていた。疲れも感じない。ただ、半身が削《そ》げ落ちたような喪失感は、拭《ぬぐ》いようもなかった。

蓮華《れんげ》寺下の交差点で信号待ちしているとき、不意に南塚が言った。

「惚《ほ》れてたのか」

「え？」

「小坂美代子」

「えっ？　そ、そんな……」

無藤はうろたえた。

「自分は、自分は決してそういうことではなくてですね、その、あの……」

後ろからクラクションを鳴らされた。

「信号、変わってるぞ」

「あ」

慌てて車を発進させる。

「……そういうのじゃ、ないんです」

しばらく走ってから、無藤は言った。

「ただ、あのひとに『守ります』って約束したんです。なのに、その約束を果たせなかった。それがとても辛《つら》くて、悔しいんです」

美代子の面影が脳裏に浮かぶ。その笑顔が無藤の胸を抉《えぐ》った。

「自分は、刑事失格です」

「昔、そういうタイトルの小説があったな」

南塚は言った。

「いいんじゃないか、失格でも。俺なんて、最初から資格がない」

「南塚さんは特別ですよ。それに、ちゃんと結果を出してるし」

「でも、紗緒さんは救えなかった」

「犯人は逮捕したじゃないですか」

「そんなの関係ない。紗緒さんの命は救えなかったんだ」

「そりゃ、しかたないじゃないですか。水岡さんが殺されて初めて事件に関わったわけだし。南塚さんのせいじゃないですよ」

「そう思うか。ならどうして、おまえは小坂美代子の死に責任があるんだ？」

「だから自分の場合は――」

「違わないよ。どっちも惚れた女を死なせてしまった」

「自分は惚れてなんか……ああ、なんだかもう、わからなくなってきた。運転に集中します」

無藤は前方に向き直った。

目白通りを走り、北小路邸の駐車場に車を停めたのは午前十時過ぎだった。

エンジンを切ると、無藤は南塚に言った。

「ありがとうございます」

南塚は「何が？」とも訊かなかった。黙って煙草をくわえ、車を降りる。

「お帰りなさいませ」

黒沼が迎え入れてくれた。

「徹夜でございますか」

「ああ、ひとっ風呂《ぷろ》浴びたい。俺のと、それから無藤の着替えも用意してくれ」

「あの、自分もいいんですか」

おずおずと尋ねると、

「そんな汗だくのまま寝るつもりかよ。いいからおまえもシャワーぐらい使え。それから仮眠。二時までだ」

そう言ってから、

「起きたら飯を食うから用意しておいてくれ。軽いものでいい」

黒沼に指示した。

その後は流れ作業のように進められた。シャワーで汗を流すと真新しい下着とパジャマを用意され、二階の客室に案内された。生まれて初めて体験する天蓋《てんがい》付きのベッドだった。シャワーで体と心が緩んだせいか、横になってすぐに意識がなくなった。けたたましいベルの音で眼が覚める。一瞬しか寝ていないような気がしたが、鳴り響く目覚まし時計を見ると、きっかり二時だった。慌てて起き上がる。

枕元に服が用意されていた。スラックスは自分のものだが、シャツは新品だ。着てみると自分のサイズにぴったりと合っていた。

着替えているうちに、意識がはっきりとしてきた。短い時間ではあっても、やはりひと眠りできたせいで体は楽になっている。カーテンを開け、窓からの陽差しを浴びた。きれいに整えられた庭の景色が、さらに気持ちを甦《よみがえ》らせた。

ドアがノックされる。

——無藤様、お目覚めですか。

赤尾の声だった。

「あ、はい」

——お食事の用意ができております。食堂にお出《い》でください。

言われたとおり一階に降りると、先に南塚が席に着いていた。

「眠れたか」

「はい」

「ならいい」

彼の向かいの席に腰かける。黒沼がワゴンを押してやってきた。

「軽いもので、というご所望でしたので、エッグベネディクトを用意いたしました」

半分に割ったイングリッシュマフィンの上にハムとポーチドエッグを載せ、その上から黄色いソースがかけられている。無藤にとって初体験のものだった。他に夏野菜のサラダとコンソメスープ、そしてコーヒーが並べられる。

昨日の夜から何も食べていないことを思い出して、無藤の胃袋が蠢《うごめ》いた。

「いただきます」

さっそくエッグベネディクトなるものにかぶりついた。軽く焼いたマフィンの香ばしさがまず舌を刺激し、それから完璧《かんぺき》な火の通し具合のポーチドエッグ、スモーキーなハムの味わいが続く。ソースはレモンクリームのようだった。

「……美味《おい》しい」

思わず声をあげた。

スープを飲み、サラダを平らげる。あっという間に食べ尽くした。

「いやもう、素晴らしいです」

無藤としては最大級の賛辞だった。

「恐れ入ります」

黒沼は軽く会釈した。

南塚はゆっくりと食べている。

「たまには和食とか食いたいよなあ」

と罰当たりなことを言っている。

「申しわけありません。北小路様の指示でして」

黒沼がまた、頭を下げる。南塚は肩を竦《すく》めて、

「わかってる。俺もあいつのわがままに振り回される人間だから——」

「誰がわがままだ」

背後から声がして、無藤はギョッとした。

いつの間にか北小路が立っている。

「僕は北小路家の伝統を守っているだけだ。屋敷内では洋食のみ提供するのが、この屋敷の初代当主である北小路義視の時代からの習わしだからな」

「北小路家のひとは、洋食しか食べないんですか」

無藤が尋ねると、

「そういうわけではない。屋敷外では和食も中華も食する。ただこの屋敷内では、というしきたりだ」

「それはまた、どうして？」

「かつて、この洋館に隣接して和式建築の屋敷もあった。そこが本来、北小路家の人間の住居だった。こちらの洋館は来客用の建物だったんだ。客には海外のレストランで修業を積んだコックが腕を振るい、完璧な洋食を提供することで名声を得ていた。そのときの名残《なごり》から、こちらでは洋食しか作らないという伝統ができた」

「伝統、ですか」

奇妙なこだわりだな、と思った。口に出しては言わなかったが。

「要するに、かつての栄光を忘れられないだけなんだろ」

南塚は、ずばりと言った。

「没落貴族の哀れな矜持《きょうじ》にすぎん」

「その没落貴族の家に寄食しているおまえは、どうなんだ？　高等遊民でも気取ってるつもりか」

北小路も遠慮なく言い返す。

「君の貧乏舌に黒沼の料理が理解できるとは思えんな。いやなら牛丼でもラーメンでも食べに行けばいい」

「食べに行ってるさ。だが残念なことに黒沼氏の料理ほど美味《うま》いものは皆無なんでね」

「なんだ、やっぱり美味しいと思っているんじゃないか。だったら憎まれ口なんか叩《たた》かなきゃいい」

「それとこれとは問題が別なんだよ。俺は黒沼氏の作った和食が食べたいんだ。黒沼氏、できるんだろ？」

「それはまあ、ほどほどには」

「黒沼、こいつの言うことなんか聞かなくていい。こんな、ちゃんと食べられる幸せを忘れているような奴なんか……」

それまで冷静に言葉を繰り出していた北小路の語調が、少し変わった。

「おまえなんかに、わかってたまるか」

さらに南塚が抗弁するかと思ったが、

「わかってる。俺のはただの自分勝手だよ」

あっさりと降参した。

「厄介な事件を抱えて、気が滅入《めい》っているんだ。許してくれ」

え、と無藤は思った。南塚がこんなにも簡単に謝罪するとは。

「厄介な事件とは、例の連続殺人か」

北小路も、感情を露《あらわ》にした様子がすっかり消えている。

「そうだ。またひとり、殺された。今度は無藤が惚《ほ》れた相手だ」

急な展開に、無藤は南塚の決めつけを否定することさえ忘れた。

「ほう。どんな事件だ？」

北小路の問いに、南塚は昨日からの出来事を話した。的確な説明だった。

「……というわけで、無藤は己の無能と恋人を救えなかった罪悪感に苛《さいな》まれていると
ころだ」

「だから南塚さん、自分は——」

「なるほどな」

北小路は納得したように頷《うなず》く。

「おまえといい無藤君といい、刑事というのは惚れっぽい生き物なのか」

「かもしれんな」

「そんなわけないでしょ！」

無藤は思わず突っ込みを入れた。

「自分は小坂さんに個人的な感情を持ってたわけじゃないんです。ただ、救えなかったことが口惜しくて……」

「その、小坂美代子という女性の殺害に関して言えば、これまでの事例とはいささか異なっているようだな」

北小路は無藤の言葉を無視して言った。

「鍵《かぎ》のすり替えによる密室構築という点では共通しているが、肝心の手首切断という作業が抜けている」

「その代わりに、手首が縛られていた。細い皮紐《ひも》でな」

南塚が言葉を継ぐ。

「皮紐……それはもしかして、あれか」

「そうだ。あれだ」

ふたりだけで意思を疎通させている。

「あれって何ですか」

無藤が尋ねると、南塚が半ば呆《あき》れるように、

「おまえ、気づかなかったのか。例の写真と同じ構図じゃないか」

「例の写真……ああ、あのアウシュビッツの少女の」

皮紐で手首を縛られた少女の写真を思い出した。

「たしかに同じですね。どういうことなんでしょうか」

「それを考えているんだ。なぜ今回、手首を切断するのではなく縛っていたのか。まあ、結論は出てるがな」

「本当ですか。教えてください」

「少しは自分で考えろよ。そんなに難しいことじゃないんだから」

そう言いながらコーヒーを啜《すす》った。

「お、これこそゴールドブレンド」

「モカのほうがよろしかったでしょうか」

「いやいや、今はこっちの気分だ。さすがは黒沼氏、よくわかってるじゃない」

「恐れ入ります」

黒沼は一礼した。

「そんなことより南塚さん、どうして小坂さんの手首が切断されなかったのか教えてください」

無藤は問いかけた。

「自分には全然、わかりません」

「だから、もう少し頭を——」

「切断できなかったんだ」

南塚の言葉を遮るようにして、北小路が言った。

「そう考えるのが、一番順当だろう」

「できなかった？　どうして？」

「準、やめとけ。こいつは他人に頼るばかりで自分の頭を使おうとしない。そんな奴に教えなくてもいい」

「そんな言いかたしなくてもいいじゃないですか」

無藤は苛立《いらだ》った。

「自分だって考えてます。でも考えつかないんです。それにこれは知恵比べでもクイズでもないんですよ。誰かが正解に辿《たど》り着いたのなら、そのひとが他の人間に教えるべきです。そうでないと捜査が進みません」

「あんなこと言ってるよ」

南塚は他人事《ひとごと》のように、

「どう思う？」

「まあ、妥当な考えかただな」

北小路が応じた。

「さっさと終わらせてしまったらどうだ？」

「そうは言うが、俺だってすべてがわかってるわけじゃないんだ。おまえだってそうだろ？」

「たしかにな、肝心なところが不明瞭《めいりょう》なままだ」

「このままでいいと思うか」

「よくはない。だがとりあえず当面の問題は解決できるぞ」

「当面の問題？」

「これ以上に犠牲者を出さないようにすることだ」

「まだ殺されると？　あのサイトには他に白い手の持ち主はアップされていなかったぞ」

「だからと言って、犯人が他に殺害候補を用意していないとも断言できない。サイトにアップしていないだけで、他にもいるかもしれない」

「俺はその可能性は低いと思うがな。あのサイトにリストアップされていた女性たちは、吟味された上で選ばれたに違いない」

「犯人はこれまでの成功に気を良くして、第二期を構想しているかもしれないぞ。こういうシリアルキラーというのは逮捕されるか死にでもしないかぎり、犯行をエスカレートさせる傾向にある。もしかしたら――」

「失礼します」

ふたりの討論に割って入るように、赤尾が姿を見せた。手にノートパソコンを持っている。

「もうお食事はお済みでしょうか。でしたらご報告したいことがあるのですが」

「何かな？」

北小路が訊《き》くと、赤尾はパソコンをテーブルの上に置いた。

「差し出がましいこととは思いましたが、先程ネットを調べておりました。すると、このようなサイトを見つけました」

赤尾はノートパソコンを開き、ディスプレイを北小路たちに見せた。

サイトのタイトルは「白い手collection Part2　あるいは挑戦状」とある。

「何だこれ!?」

無藤は思わず声をあげた。

赤尾はそれを無視してマウスを使い、画面をスクロールさせた。「アルハンブラの想い出を弾いてみた」と題された画面が現れる。

「また動画か」

南塚が呟《つぶや》く。

サイトに貼り付けられている動画を再生する。ギターのアップと、それを弾く右手だけが映し出される。聞こえてくるのは無藤も何度か聴いたことのある名曲だった。だが今はその曲を楽しんでいる余裕などない。じっと画面を見つめた。

弦を爪弾《つまび》く手は、白くて美しかった。

一曲弾き終わると、唐突に動画は終わる。

「元の動画サイトに飛んでくれ」

南塚の指示で赤尾がクリックする。再生回数は十四回とあった。

「コメントはひとつだけ、付いています」

そこには「新たなコレクション」とだけあった。コメントの投稿主のハンドルは、

「kpt98000……」

「僕の予想が当たっていたな」

北小路が言った。

「これが第二期だ」

「麻結ちゃん、このサイト、どうやって見つけた？」

南塚が尋ねると、

「『白い手』で検索しました」

赤尾は答える。無藤は驚いて、

「そんな……自分が昨日同じワードで検索したときには、こんなサイト、引っかかりませんでしたよ」

「見落としはないか」

「ありません」

無藤は断言した。

「なら、考えられる可能性はひとつだな」

北小路が言った。

「このサイトは今日、作られたんだ」

「今日……じゃあ、まだ間に合うかもしれない！」

無藤は食堂を飛び出そうとする。それを南塚が引き留めた。

「どこに行く？」

「捜査本部です。すぐにこのひとを保護しないと」

「どこの誰だか知ってるのか」

「それは……」

「落ち着け。まずは情報収集だ。麻結ちゃん、この動画に何か説明はないか」

「タイトルだけですね」

「動画の投稿者は？」

「guitarAPというハンドルの人物です」

「同じ人物が他に動画を投稿してないか」

「少々お待ちください」

赤尾が投稿者の名前をクリックすると、別の動画がいくつか表示された。

「他に三件アップしてますね。ひとつずつ再生してみます」

ひとつめは、やはりギターで「禁じられた遊び」を弾いたものだった。この動画もギターと手のアップのみなので、弾いている人物の顔はわからない。

その次もギター演奏。「アランフェス協奏曲」を弾いている。

「どれもそつなく弾いているな」

北小路が言った。

「だが決して巧《うま》いとは言えない。トレモロに若干の乱れも感じる。選曲もじつに安易だ。腕に覚えのある素人というレベルだろう」

「これも顔が見えないのか……」

無藤はじりじりしながら画面に見入った。

しかし結局この動画も、演奏者の素性がわかるようなものは何ひとつ映ってはいなかった。

「これじゃ特定できないじゃないか」

「もうひとつ動画があります。これはギター演奏ではないようですね」

赤尾が動画を再生させる。タイトルは「チェロはじめての散歩」とある。

映し出されたのは茶色い小さな犬だった。まんまるな体型で、ふさふさの尻尾《しっぽ》を振り、ちょこちょこと歩いている。

「ポメラニアンですね」

黒沼が言った。

「まだ子犬のようです。タイトルから考えると、この子の名前がチェロなのでしょう。予防接種を終えて免疫を付けたばかりと考えられます」

歩いているのは、赤い花の咲く生垣の前だった。

「この花は？」

南塚の問いに、黒沼がディスプレイを見つめ、

「どうやら山茶花《さざんか》のようですね。生垣などによく使われる品種です。花期は十月から二月くらいでしょうか」

話している間に動画は終わった。

「駄目だ。これも情報がなさすぎる。これじゃ誰だかわからない」

無藤は呻《うめ》いた。

「いや、そうでもないぞ」

言ったのは、北小路だった。

「この動画にジオタグが付いていれば、充分探せるかもしれない」

「ジオタグ？」

「写真や動画のデータに付与される位置情報だ。最近の携帯電話やスマホには当たり前のようにジオタグを付ける機能があるし、デジタルカメラにもその機能を付けているものがある。そうした機器で撮影されていれば、ここがどこだか割り出せるはずだ」

「どうすればいいんですか」

「それはだな」

と、北小路はパソコンに手を伸ばしかけた。が、なぜか思いとどまって、

「赤尾、僕の言うとおりにしてくれ。まずこの動画をパソコンにダウンロードする」

「了解しました」

北小路の指示で赤尾はパソコンを操作する。ソフトをインストールしたりしているようだが、パソコンにそれほど詳しくない無藤には何をしているのかよくわからなかった。

「よし、これでさっきの動画がパソコンに取り込めた。次にビューワーソフトで動画

の情報を解析する」

またもソフトをインストール。無藤はただ黙って見ているしかなかった。南塚も煙草を燻《くゆ》らしながら、結果を待っている。

「これでよろしいでしょうか」

表示されたデータを示しながら、赤尾が訊《き》いた。

「上出来だ。そこに表示されている緯度と経度をマップのサイトで検索すればいい」

言われたとおり、地図検索のサイトに移動しデータをペーストする。

「……出ました」

地図上に赤い矢印が表示された。南塚はその場所を確認する。

「……東京都世田谷区羽根木二丁目……よし、無藤、車を出せ」

「直接向かいますか」

「ああ、一刻も早く、このギタリストを見つけないとな」

「そうですね」

頷《うなず》きながら無藤はスマホを取り出した。

「おい、どこに電話する気だ？」

「もちろん捜査本部です。このことを報《しら》せないと」

「そんなことは後でいい。俺たちだけでやる」

「そんな……どうしてですか」

「どうしても、だ」

有無を言わせない口調だった。

14

首都高を走りながら、無藤は言い様のない苛立《いらだ》ちを感じていた。なぜ自分たちだけで動かなければならないのか。どうして本部に報告してはいけないのか。その理由を南塚は説明しようとはしなかった。そのことが、苛立たしかった。自分が信用されていないような気がしたのだ。

その南塚は今、助手席に座っている。何か考え込んでいるように見えた。

「亀岡さんには、なんて説明するつもりですか」

問いかけても、返事はない。

「南塚さん、聞こえてます？」

「……聞こえてる」

面倒臭そうに答えが返ってくる。

「この件に関しては、俺が責任を持つ。おまえは気にしなくていい。ところで、この車は禁煙か」

「はい」

「つまらんな」

そう言うと、彼はまた黙り込んだ。しかたなく、無藤は運転を続ける。

東京体育館、明治神宮を過ぎて幡ヶ谷《はたがや》で国道20号線に入る。松原交差点を左折して少し進んだところで車を停めた。

「動画が撮影されたのは、ここのはずです」

車を降りた。民家やアパートが建ち並ぶ住宅街の中だった。だが、生垣のある家は見当たらない。

「おかしいな。座標はここのはずなんだけど」

「手分けして探そう。山茶花の生垣、チェロという名前のポメラニアン、それとギター。それが手がかりだ」

「はい」

南塚と別れ、無藤は北の方角に向かった。

生垣を目安に民家を一軒一軒調べていく。といっても今は山茶花が花をつける季節ではない。植物に関する知識が薄い無藤には、どれが山茶花なのかよくわからなかった。

それらしい生垣のある家を見つけた。確信はなかったが、ここはもう出たとこ勝負だ。チャイムを押してみた。

出てきたのは中年の女性だった。無藤は警察手帳を見せてから尋ねた。

「お宅の生垣、山茶花ですか」

急に変な質問をされ、女性はきょとんとした顔になる。

「あ、いえ……うちのはシラカシですけど」

「そうですか。ちなみに犬は飼っていらっしゃいますか」

「いいえ」

「では、この付近で山茶花の生垣があるお宅を御存知ないですか。あるいはポメラニアンを飼っているお宅は？」

「さあ……どっちも心当たりはないですけど……どんな用件ですか」

「いや、ちょっと調べごとでして。お手間を取らせました」

さすがに一軒目で当たりに出くわすとは思わなかったが、落胆は大きかった。無藤は気を取り直して捜索を続けた。

その次に訪ねた家の生垣はイヌマキというもので、犬は飼っていなかった。

その次はマサキの生垣がある家で、犬はいたが大型のレトリバーだった。

どちらの家からも、有益な情報は得られなかった。

「どうも、変だ」

無藤は独りごちた。動画から特定された位置からは、もうずいぶんと離れている。あの情報はかなり詳細なものだった。大きくずれているようなことはないはずなのだが。

もしかしたら南塚のほうで何か手がかりが摑《つか》めたかもしれない。一度戻ることにした。

「南塚さんもケータイを持っててくれたらなあ」

車を停めている場所に帰ってくると、やはり南塚の姿はなかった。

一度自分のスマホの地図アプリを立ち上げ、入力しておいた位置を確認する。やはりここが特定された場所に間違いない。

そこにも家はあった。相当年月が経っていそうな和風の一戸建てだ。その周りを囲んでいるのは北小路邸と同じような大谷石で造られた石塀だった。

ダメもとで訊いてみるか。

インターフォンを押す。

――はい。

女性の声が応じた。

身分を明かして訊きたいことがあると告げると、しばらくして出てきたのは三十歳代の女性だった。怪訝《けげん》そうな顔付きをしている。

無藤は警察手帳を見せた。それでも相手の表情は晴れない。

「まだ何かあるんですか」

「まだ、と言いますと？」

「さっきも訊きにきたじゃないですか。あのひとも警察のひとでしょ？」

「あのひと……ひょっとして南塚と名乗ってました？」

「そうそう、そのひと。刑事さんって言ってたけど、ほんとなの？ 髪がぼさぼさで無精髭《ぶしょうひげ》も生えてて、あんまり刑事らしくなかったけど」

「いや、それは間違いなく自分の同僚です。それで、彼は何を？」

「いきなり『あんたのところの塀は造ったばかりか』なんて訊いてきたわ。どうして刑事がそんなことを気にするの？」

あらためて石塀を見た。たしかに家の古さに比べると、塀の石はまだ新しく見える。

そういうことか。

「塀、造ったばかりなんですね？」

「そう。今年に入って造り直したの」

「その前は生垣だった？」

「山茶花《さざんか》のね。やっぱり同じこと訊《き》くのね」

やはりそうか。位置情報は間違っていなかったのだ。

「お宅には、犬がいますか。ポメラニアンですけど」

「それも訊かれたわ。でも生憎《あいにく》と犬はいません。猫ちゃんならいるけど」

「いない？　本当ですか」

「嘘つくわけないでしょ。ほんとに刑事って疑《うたぐ》り深いのね。しかも同じことばかり訊くし。さっきの刑事さんに聞けばいいのに」

「南塚も同じことを訊いたんですね」

「ええ、あんたのところにポメラニアンはいるかって。あ、待って。次にあなたが何を訊くかもわかる。どこかにポメラニアンを飼ってる家を知らないか、でしょ？」

「そのとおりです。御存知ですか」

「知ってるわよ。三軒向こうの志野《しの》さんとこ。去年から飼ってるわ」

「志野さんですね。ありがとうございます」

礼を言って、その場を離れようとする。

「無藤君」

不意に声をかけられた。振り向いた無藤は、目の前に意外な人物がいることに驚いた。

「亀岡さん……どうして？」

「南塚君に呼び出されたんだよ。応援が必要だからってね」

亀岡は微笑んでいた。

「え？　でも……どうして亀岡さんが直々に？」

「だから、南塚君の御指名なんだよ。僕が必要なんだとさ。ところで彼はどこに？」

「ああ、今、手分けして探しているところなんで」

「何を？」

「それが……言っちゃっていいのかな」

「僕は君たちの上司だよ。捜査本部の責任者でもある。僕に隠し立てはよくないな」

「そう、ですね」

無藤は新たなサイトを見つけたこと、そこから次の被害者になり得る人物がこの付近にいるのではないかと推定してやってきたことを話した。

「なるほどね。だったら尚更《なおさら》、僕に報《しら》せてくれるべきじゃなかったかな」

「すみません……」

謝りながらも、無藤はまだ混乱していた。

どうして南塚は亀岡をここに呼んだのか。なぜ彼はやってきたのか。どうしても理解できない。

「それで、問題の人物の居場所はわかったの？」

「いえ、まだです。これからそれらしき人物の家に行ってみようと思って」

「そうか。じゃあ一緒に行こう。もしかしたら南塚君と合流できるかもしれない。案内してくれ」

「はあ……」

そう言われては仕方ない。無藤は亀岡を伴って歩きだした。

言われたとおり、三軒先に「志野」という表札を掲げた家があった。まだ新しそうな建物だ。ちなみに周囲を囲っているのは鉄製のフェンスだった。

上司が一緒にいることに戸惑いを感じながら、無藤はインターフォンを押した。

――はい、どなた？

今度も女性が応じた。名前と身分を明かすと、

――あれ？　さっきも刑事さんが来たけど。同じひと？

と、言われた。

「いえ、違う人間です。先程伺ったのは南塚という刑事でしたか」

――そうそう、そういう名前。チェロちゃんのこと訊いた。

「チェロ？　ポメラニアンの名前ですか」

――そうだよ。その後でギターを弾くひとがいるかって訊かれた。

「いらっしゃるんですか」

──うん、わたし。

「あなたが？　あ、すみませんが、ちょっと出てきていただけませんか」

そう言ってから、無藤は亀岡と顔を見合わせた。

「ビンゴかね？」

「かもしれません。でも、だったら南塚さんはどこに……？」

間もなく玄関のドアが開き、二十歳前後らしく見える女性が出てきた。チョコレート色のブラウスと黒いミニスカートを身に着けている。

「刑事さんって、このへんにたくさんいるの？」

「いえ、そういうわけではないんですが……失礼ですが、お名前は？」

「志野優香《ゆか》」

「優香さん、南塚はどこに行ったか御存知ですか」

「さあ、わかんない。どっか行ったよ」

舌足らずな口調で優香は言った。

「どこに行ったんだ？　……いや、それよりも優香さん、チェロと一緒に散歩しているところを撮って動画サイトにアップしたことがありますか」

「それ、南塚ってひとにも訊かれた。あるよ。お兄ちゃんが撮ってくれて、サイトにアップした。でも、あんまり見てもらえないみたい」

「やはりそうか……最近知らない人間から声をかけられたり、つけられたりしたことはありませんか」

「それ、ストーカーってこと？　だったらいるかも。大学からの帰り道にね、後ろからつけてきた男のひとがいた。ちょっと怖くなって、走って帰ってきた」

「その男の顔とか姿とか、見てませんか」

「わかんない。足音だけだったから」

「そうですか。あの、申し上げにくいことなんですが、もしかしたらあなたは狙われているかもしれません」

「誰に？」

「まだわかりません。警察が今、全力をあげて捜査をしているところなんです」

「わあ、怖い」

本気で怖がっているのかどうかわからないような口調だった。

無藤は亀岡に言った。

「このお宅の警備をお願いできますか」

「そうだな。それは僕が指示しよう。それにしても南塚君は、どこに行ったんだ？」

「南塚さんのことは、後で本人に訊けばいいです。それより早く指示を。自分はここでしばらく見張っています」

「君が？　どうして？」

「どうしてって、何かあったら大変じゃないですか」

「それなら僕が見ていようか。君は一度本部に帰って僕の指示を伝えてくれ」

「え？」

思わず訊き返してしまった。捜査員たちに指示を出すなら亀岡本人がするべきではないか。なぜ末端の人間である自分に任せようとするのか。亀岡に対する訝《いぶか》しさが募った。

そのとき、彼は南塚の言葉を思い出した。

——警察内部に犯人がいる可能性が捨てられない以上、これからの行動は注意しなきゃならんな。

まさか。

無藤はあらためて自分の上司を見つめた。

「どうかしたのかね？」

亀岡のほうも不審げに彼を見つめ返してくる。

「いえ……」

どうする。自分がこの場を離れて亀岡とこの女性をふたりきりにするのは、危険ではないのか。

「本部での指示は、やはり亀岡さんがなさるべきだと思います」

無藤は言葉を選びながら言った。

「自分も一緒に行きますから」

彼女に対する保護がなくなるのは不安ではあったが、まずは亀岡をこの場から離すべきだと判断した。

「そうか。君も一緒ならしかたないな」

亀岡は意外にあっさりと承諾した。そして、きょとんとした顔をしている優香に向かって言った。

「我々は戻りますが、すぐに地元の警察署に指示を出して、この付近のパトロールを強化してもらいます。あなたはご不自由でしょうが、家から出ないようにしてください。それと、誰も家に入れないように」

「わかった。入れない」

こちらもあっさりと頷《うなず》く。本当に自分の身が危ないことを認識しているのだろうか、と無藤は訝しく思った。

いや、それよりはまず亀岡のことだ。早くこの場から引き離さなければ。

「行きましょう」

上司を促して、その場を離れた。

「亀岡さんは、ここへはどうやっていらっしゃったんですか」

優香の家から充分に離れたところで、訊《き》いてみる。

「車に乗せてきてもらったんだ。すぐそこに停めて……おや？」

亀岡は立ち止まった。

「たしかここに車を停めていたはずなんだが……どこに行った？」

その路地には、車の姿はなかった。

「どこかに移動させたのかな？　それにしても、困るねえ」

亀岡は頭を掻《か》く。

「じゃあ、自分の車に乗っていきませんか」

無藤は言った。

「しかし君は南塚君を乗せてきたんだろ。彼を待たなくていいのかね？」

「それよりも本部で亀岡さんに指示を出してもらうことのほうが先決です。南塚さんは自分で何とかしますよ」

我ながら無責任な言いかただとは思ったが、今は亀岡をこの場から離したいという焦りのほうが強かった。

そのとき、スマホが着信音を鳴らした。公衆電話からだった。

「失礼します」

亀岡に断ってから電話に出る。

「もしもし？」

――最近は公衆電話もないんだな。不便な世の中だ。

いきなり言われた。耳慣れた声だ。

「南塚さん？　どこにいるんですか」

――おまえこそ、今どこにいる？

「志野優香って女性の家から出てきたところです。南塚さんも行きましたよね？」

――ああ、あの、ちょっと変わった子だな。

「変わってるかどうかはともかく、彼女が次のターゲットなんでしょ。どうして離れたんです？」

――ターゲット？　何だそれ？

「何だって、彼女が狙われてるんじゃないんですか」

――違う違う。全然見当違いだよ。

「え？　違うって、どうして……」

――おまえって、意外に観察力がないよなあ。

電話の向こうで南塚が笑った。

――ちゃんと手を見たか。

「手？」

——まあいい。こっちに来てくれ。

「どこにいるんですか」

——その志野って家から南へ向かって三本目の交差点を右、それから道なりに進んで二本目の交差点を左に進んで五十メートルのところにある文義荘《ふみよし》ってアパートだ。

「文義荘ですね。わかりました。亀岡さんと一緒に行きます」

——お、亀岡さんと会えたのか。そりゃちょうどいい。

「ちょうどいいって、どうして亀岡さんを——いや、その話は後で。今から向かいます」

電話を切ると、亀岡に言った。

「お聞きのとおりです。南塚さんと合流します」

「わかった。どこにいる？」

「さっきの志野って家の南側です。自分たちは北側に歩いてきてしまったので、一度戻らないと」

志野家のところまで戻ってみると、優香がまだ家の前に立っていた。

「あれ？　どうしたの？」

「あなたこそ、どうしたんですか。なぜ家に入らないんです？」

「だって、せっかく太陽出てるんだもん。浴びないと」

「いや、でも……」

誰かに狙われているかもしれないと言ったじゃないか、と心の中で言いながら、無藤は優香の手を見つめた。

あらためて見てみると、彼女はかなり日焼けしていた。顔も、そして手も褐色に色づいている。

「あの、つかぬことを伺いますが。海にでも行ってきたんですか」

「海？　行かない。わたし、海とかプールとか嫌い」

「でも、結構日焼けされてますよね」

「あ、これ？　日サロ行ってるから」

「日サロ？　ああ、日焼けサロンですか」

「うん、わたし、焼くの好き」

屈託なく言う。昨今は美白がブームだと思っていたが、今でも焼けた肌を好む層は存在しているようだ。

そして、やっと気づいた。たしかに動画に映っていた人物は、彼女ではない。あんなに白い手の持ち主ではないのだ。

では、誰が？

そのとき、亀岡が優香に尋ねた。

「先程こちらに伺った南塚という者は、あなたに他に何か訊きませんでしたか」

「うん、お兄ちゃんのこと訊かれた。どこにいるのかって。お兄ちゃんね。独立したの。すぐ近くのアパートだけど」

「それって、文義荘っていう？」

「そうそう、それ。よく知っているね。独立したけど、夕飯はうちに食べに来てる。そういうのって独立って言うのかな。どうだろ？」

「どうでしょうねえ」

曖昧《あいまい》に答えながら、無藤は思った。南塚は優香の兄のところにいるのか。でも、なぜ？

「とにかく、そっちに行ってみよう」

亀岡に言われ、無藤はまた歩きだした。

南塚に言われたとおりに歩いたら、文義荘はすぐに見つかった。白壁の真新しい建物だ。近付こうとしたところで、背後から肩を叩《たた》かれた。振り返ると、南塚が立っている。

声をあげようとする前に、南塚は唇に人差し指を当てて見せた。静かに、ということか。

「どうしたんですか」

小声で訊《き》いてみる。

「今、犯人が出てくる」

「犯人？　本当にですか」

「本当に。だからここで隠れて待っていよう」

「南塚君、僕をここに呼んだのは、そのためなのかね？」

亀岡が訊いた。

「そうです。実際に見てもらわないと信じてもらえないかもしれないんで」

「それはまた、どうして――」

「しっ。出てきますよ」

南塚が指差した。アパートの二階、奥の部屋のドアが開いたのだ。

出てきた男を見て、無藤は思わず声をあげた。

「そんな……」

「静かに」

「まさか」

亀岡も驚いている。

「僕は君に言われたとおり、彼に車を運転させて、ここに来たんだ。それがどうして

「……」

「お静かに。今にわかりますから」

その人物はドアを閉めると、不審げな表情で階段を降りてきた。

「さて、行きましょうか」

南塚に言われ、無藤たちはアパートに向かった。

彼らが近付いてくるのに気づいて、男は凍りついたように立ち止まる。

「やあ」

南塚が馴《な》れ馴れしく声をかけた。

「いなかっただろ？」

「え？」

「志野健志《たけし》君のことだよ。部屋にいなかっただろ。俺が部屋を出ろって伝えたんだ。でないと、殺されるぞって」

「………」

「あんたはまだ、彼の居場所を特定できてないんだろうと思ってた。だから亀岡さんに頼んで連れてきてもらったのさ。ここまで来れば、あんたはあんたなりに聞き込みをして彼のアパートを調べだすだろうって。あんたが手さえ気に入れば男でも狙う人間かどうかわからなかったけどね」

「……おまえは、何を言ってるんだ？」

「あれ？　わからない？　じゃあ、わかりやすく言ってあげよう」

南塚は言った。

「あんたが犯人だよね、不動さん」


その男──不動重芳は階段の途中で硬直した。

「何の……何の話だ？」

「だからさ、あんたが一連の殺人事件の犯人だろって話だよ」

「何を言ってる？　何を証拠にそんな愚にもつかないことを──」

「証拠なら今、あんたがあの部屋から出てきたことで充分だけど。しかし大胆だね。俺たちが近くにいることを承知でやっちゃおうってんだから。もっとも、あんたの大胆さは小坂美代子のときにわかってたことだけど」

南塚は煙草をくわえた。

「ちょっ、ちょっと待ってください」

声をあげたのは、無藤だった。

「不動さんが小坂さんを殺したって、そんなの、無理ですよ。彼女から電話がかかってきたとき、不動さんは自分と一緒にいました。殺せるわけがない」

「それが違うんだな。こいつは署に戻る前に小坂美代子のアパートに行った。刑事だから彼女は疑うこともなく部屋に入れた。そしてこいつに皮紐《ひも》で縛り上げられ、携帯電話を奪われた。

署に戻ったこいつは、おまえの目の前でポケットに入れていた美代子の携帯電話を操作して、おまえに電話をかけた。電話に出ても、相手は何も言わなかったんだろ？」

「ええ、何かガサガサ音がしているだけで」

「ポケットの中で操作してたから、その音が聞こえたんだよ。すぐに電話が切れて、おまえはかけ直そうとした。しかしこいつは、それを止めた」

無藤は思い出した。たしかにあのとき、電話をかけ直そうとしている自分に、不動は「それより直接向こうに行ってみたほうがいい」と言って止めたのだ。

「おまえがかけ直したら、目の前で電話が鳴っちまう。他人の携帯電話だからマナーモードにする方法もわからなかったんじゃないのかな。だから止めたんだよ。そしてこいつは、おまえと一緒に美代子のアパートへ向かった。

アパートに到着したが、部屋のドアに鍵《かぎ》が掛かっていた。おまえはそのとき、どうした？」

「不動さんに言われて、オーナーのところに鍵を借りに」

「その間、こいつはひとりになったわけだな」

「ええ……でも、まさか」

「その、まさかだよ。おまえが鍵を借りに行ってるうちに、こいつは持ってた鍵で部屋に入り、美代子を殺した」

「そんな……」

アパートに到着したとき、まだ美代子は生きていたというのか。そして彼がその場を離れたばかりに、彼女は殺されたというのか。

「どうしてこんな面倒なことをしたのか、わかるな。自分のアリバイ作りのためだ。最初にアパートに入ったときに殺してしまうと、自分のアリバイが証明できない。でもこうすれば、おまえがアリバイの証人になる。

こいつはおまえが借り出してきた鍵でもう一度部屋に入り、一緒に彼女の遺体を〝発見〟する。そしておまえが動揺している間に、携帯電話を彼女の傍に戻した」

「でたらめだ」

不動が口を開いた。

「そんなの、おまえの妄想だ」

「いいや。すべて真実だよ」

南塚は煙草の煙を吐きながら、

「あんたはふたつ、ミスを犯した。どっちもしようのないことだったんだがな。ひとつは美代子の携帯電話の電源をオフにしたこと。無藤がいつ電話をかけ直すかわからないから、念のために切っておいたんだろうが、美代子が無藤に最後の電話をかけてから殺されたという流れにするなら、電源は切るべきじゃなかった。そんなの不自然だろ。犯人しか電源を切ることはできない。でも、わざわざ電源を切る理由もない。その不自然さがあんたの犯行を証拠立てたんだ。

もうひとつ、美代子の手を切断しなかったのもミスだな。まあ、いつ無藤が帰ってくるかわからない状況じゃ手の切断なんかできないし、返り血を浴びてすぐにばれるし、そもそも切断した手の処置にも困る。だから皮紐で縛って、あの写真との類似性を匂わせたんだろうが、これまでの事件との相違から今回は時間的余裕がないことが明白になっちまった。これもあんたを犯人と特定できる重要な証拠だ」

不動は反論しない。ただ凄《すさ》まじい目付きで南塚を睨《にら》みつけている。

「本当に……本当にあなたが小坂さんを殺したんですか、不動さん」

無藤は尋ねた。自分の声が震えているのに気づいた。それが怒りによるものなのか悲しみのせいなのか、無藤にはわからなかった。

不動は無藤の問いには答えなかった。代わりに南塚に言った。

「いつから、俺を疑ってた？」

「結構、前から」

南塚は言った。

「でも決定的だったのは、小坂美代子の件だな。今言ったふたつのミスと、それから鍵の件で」

「鍵？」

「俺が『偽物の鍵は？』と訊《き》いたら、あんたはすぐに『それならケータイと一緒に遺体の近くに落ちていた』と答えた。まだ誰も確認してないはずなのに、どうして偽の鍵だと即答できた？　自分で用意したからだろ」

「なるほど、そういうことか」

不動は唇を歪《ゆが》めて笑った。邪険な笑みだった。

「やっぱり妹の言うとおりだったな。おまえには気をつけるべきだった。本当に、つくづく、いやな奴だ」

「それはお褒めの言葉と――」

言いかけた南塚の言葉が、途切れた。不動がジャケットの下から黒いものを取り出したのだ。

拳銃《けんじゅう》だった。

「しまった。銃の携行を許可しちゃったんだった」

亀岡が頭を掻《か》いた。

「失敗したな」

「それはまずいですね」

南塚も他人事《ひとごと》のように言う。

「だって南塚君、はっきり言わないんだもの。僕はてっきり無藤君が犯人だと思ってたんだから」

「自分をですか⁉」

こんな状況にもかかわらず、無藤は眼を剝《む》いた。

「そんな、心外です。どうして自分が犯人だと？」

「南塚君が『身近に犯人がいます。証拠を見せますから来てください』なんて言ったから。南塚君の一番身近にいる人間って、つまりは君だろ。だからさ」

「ひどいなあ。だからさっき、俺をひとりにしないようにしてたんですか。自分は逆に亀岡さんが犯人ではないかと――」

「ぐだぐだ言ってるんじゃない！」

不動が怒鳴った。無藤は言葉を呑《の》み込む。

「本当におまえら、苛々《いらいら》させるぜ」

不動は階段を降りた。そして無藤たち三人の前を通って路地に向かった。

「おい、どこに行くんだ？」

南塚が訊くと、

「決まってる。逃げるんだ」

「どこへ？」

「おまえなんかに話すか、馬鹿」

銃口を向けたまま、不動は後退《あとずさ》った。

路地に車が停めてある。それに乗り込むと、不動はエンジンをかけた。

「まずい！」

無藤が飛び出す。が、車の開いた窓から突き出している銃口を見て、動きを止めた。

そのまま、車は発進した。タイヤを軋《きし》ませ、走り去る。

「まずいね」

亀岡が言った。

「すぐに緊急配備かけないと」

「連絡します」

無藤はスマホを取り出した。

「くそっ、絶対に逃がさないぞ」

15

その日の夜。

「こんなことしてて、いいんですか」

苛立《いらだ》ちを滲《にじ》ませながら、無藤は言った。

「こんなことって？」

南塚が訊く。

「だから、悠長にディナーなんかしてていいんですかってことです。まだ不動は捕まってないんですよ」

彼らの前には、今宵も黒沼が腕を振るった料理が並べられている。今日のメインディッシュは蝦夷《えぞ》鹿モモ肉のワイン煮込みだそうだ。

あれからすぐに緊急配備がかけられたが、不動は途中で車を乗り捨て、どこかに消えてしまった。

「俺たちが足掻《あが》いたって、どうこうなるものでもないだろ」

南塚はいたって悠長だ。

「不動は指名手配されてる。簡単には逃げられんよ」

「それにしても、刑事がふたりも殺人に関わっていたとはな、警察にとっては痛いスキャンダルだ」

例によって北小路は目の前にある料理に手を付けないまま、辛辣《しんらつ》な意見を述べた。

「警視総監の首は間違いなく吹っ飛ぶな」

「上がどうなろうと、俺の知ったことじゃない」

切り分けた肉を口に運びながら、南塚は言った。

「ただ、もっと早く不動の犯行に気づくべきだったとは思うがな」

「反省しているのか」

「少しだけ」

「たしかに警察内部の犯行だと推察していながら、より突っ込んだ追及ができなかったことについては、僕も忸怩《じくじ》たるものを感じないではない。もっと真剣に考えてやればよかったよ」

「真剣に考えれば、あいつの犯行だとわかったと？」

「もちろん。僕の頭脳をもってすればね」

「大言壮語だな。俺にできなかったことが、おまえにできるわけがない」

「それこそ夜郎自大というものだ。自分の能力を過大評価している」

「そうとは思わんが」

「いや、そうだよ」

会話が不毛な議論に移りそうだった。

「……いい加減にしてください！」

無藤は思わず声を荒らげた。

「そんな口喧嘩《くちげんか》をしている場合じゃないでしょ」

「じゃあ、どんな場合だ？」

南塚が訊いた。

「無駄に苛々して、他人に八つ当たりする場合なのか」

「そんなこと……だから自分は――」

「落ち着けよ。後は組織力の問題だ。俺たちの出番は終わった」

そのとき、玄関のチャイムが鳴った。

「誰か来たか。客の予定でも？」

「いや。黒沼？」

「いいえ、そのような予定は入っておりませんが」

しばらくして、食堂に赤尾が入ってきた。不自然な姿勢で、両手を小さく上げている。

「どうした？　誰が――」

問いかけた北小路の言葉が、途切れた。

赤尾の背後にいる人物に気づいたのだ。

「いるな、南塚」

男は赤尾の肩越しに銃口を向けた。

「……不動か」

「そうだ。俺だ。おまえにさんざん虚仮《こけ》にされた不動だよ」

「何の用だ？」

南塚は椅子に腰かけたままだった。手許《てもと》のナプキンを取って、口許を拭《ぬぐ》う。

「礼をしにきた。おまえのおかげで、何もかも目茶苦茶だ。捕まれば、俺は死刑だ。だが、ひとりでは死なん。おまえを道連れにする」

「な……！」

無藤は席を立ちかけたが、不動の銃がその動きを止めた。

「動くな。下手なことをしたら、誰だろうとぶっ殺す」

「ずいぶんと自暴自棄になったもんだな。逃げ通せばよかったのに」

南塚の口調は変わらない。

「逃げるさ。とことん逃げてやる。だがその前に、おまえに思い知らせてやらなきゃと思ってな！」

不動は憎悪を剝き出しにした。

「前からずっと、おまえのことが気に入らなかった。偉そうに踏ん反り返って、ろくに現場にも出ないで御託ばかり並べやがって」

「それでいて、ちゃんと結果は出してきた。それが腹立たしいか」

「そのとおりだ！」

「くだらんやっかみだな。そんなことのために、わざわざやってくるとは」

南塚は笑った。

「まあいい。俺もおまえに訊《き》きたいことがあったんだ」

ワイングラスを手に取り、一口飲んでから言った。

「なぜ殺した？」

「女たちのことか。菅沼と同じ理由だよ。恩寵《おんちょう》だ」

「恩寵？　何だそれ？」

「白く美しい手を永遠にするため、時間を止めてやったんだ。女神と違って人間は歳を取る。どんなに美しい手も、老いて衰える。その時間を止めなければ」

「それが理由か。わからんでもないな」

「南塚さん！」

言い募ろうとする無藤を、南塚は手で制した。

「で、菅沼とはいつからつるんでた？　おまえと彼との繋《つな》がりなんて、今まで見つからなかったが」

「当然だ。俺たちには何の関係もない。菅沼とは友人でもなかったからな」

「じゃあ、どうして？」

「妹だよ。妹が教えてくれた。菅沼がしようとしていた崇高な目的のことを。それを俺が引き継ぐべきだと」

「妹？　どうしておまえの妹なんかが関係してくるんだ？」

「うるさい！　おまえになんかわかるか！」

不動は激昂《げきこう》して銃を南塚に向けた。

「妹は、俺の命だった。妹の言葉に俺はいつも……なのに、俺は見捨てられた。なぜだ？　どうして？」

ひどく混乱しているように見えた。まずい、と無藤は思った。赤尾と南塚を助けなければ。だがどうすれば——。

「いい加減にしろ」

と、それまで黙っていた北小路が立ち上がった。

「訳のわからないことを喚《わめ》くな。おまけにそんな無粋なものを振り回して。ここは僕の家だぞ」

「黙れ! 座ってろ! 殺すぞ」

しかし北小路は大人しくはしていなかった。それどころか、ゆっくりと不動に向かって歩きだした。

「その子を離せ。僕の使用人だ」

「動くな! 本当に撃つぞ!」

「撃ちたかったら、撃ってみろ。後悔するのは君のほうだ」

北小路は冷静に見える。しかし無藤には軽率な行為にしか見えなかった。

「北小路さん、止まってください。危険です」

しかし北小路は歩みを止めなかった。

無藤は南塚を見た。彼も平然としている。

「くそっ、俺が本気だとわからないのか!」

不動は銃口を北小路に向ける。

「撃てよ」

北小路が挑発するように言った。

「君みたいな腑抜けを、僕が恐れると思うか」

「畜生!」

不動は目の前の赤尾の体を払いのけた。そして銃の狙いを北小路の胸元に定める。

「あと一歩近付いたら撃つ！」

「一歩だな」

北小路はかまわず一歩、踏み出した。

次の瞬間、耳をつんざく銃声が響いた。

「あ……！」

無藤は硬直した。胸から血を噴き出して倒れる北小路の姿が脳裏に浮かぶ。

しかし彼は倒れなかった。冷然と、その場に立っている。

「どうした？　僕を撃つんじゃなかったのか」

無藤は戦慄《せんりつ》した。この状況にではない。北小路の声が、彼の神経を抉《えぐ》ったのだ。

今の、何だ？

それは人の声には聞こえなかった。何か別の、人間に根源的な恐怖を与えるような存在から発せられたものだった。

不動は唖然《あぜん》としている。

「どういうことだ……？」

「こういうことだよ」

その声と同時に、北小路の姿が消えた。

「……！」

不動が声にならない悲鳴をあげた。彼の間近に北小路が再び姿を現したのだ。

「……う、うわああっ！」

不動は再び引金を引いた。銃声が鳴り響く。

無藤は見た。弾丸が北小路の体を通過して、後方にある壁にめり込むのを、たしかに見た。

「クズめ」

北小路は言った。

「憑《と》り殺してやろうか」

「ひっ！」

不動は銃を取り落とした。そして一目散に食堂を飛び出した。

南塚が逸早《いちはや》く行動を起こした。席を立ち、不動の後を追ったのだ。

無藤は、すぐには動けなかった。目の前で起きたことの意味がわからず、茫然《ぼうぜん》としてしまった。

彼を正気に戻したのは、床に倒れている赤尾の姿だった。

「赤尾さん、大丈夫ですか⁉」

慌てて立ち上がり、駆け寄る。

「……大丈夫です」

赤尾は片腕を押さえながら立ち上がった。

「怪我は？」

「たいしたことはありません。それよりあの男は？」

そのとき、やっと不動のことを思い出した。

「いけない！」

無藤は駆けだした。

玄関のドアが開け放たれている。不動は外に出たのだ。南塚はその後を追っているのだろう。

無藤も外に出た。庭を抜け、邸《やしき》の外に出る。

不動の姿も南塚の姿も、見えなかった。

「くそっ、どこに行った？」

そう口走ったときだった。

どこかで急ブレーキの音が聞こえた。

無藤はその音がしたほうへ走った。

十字路に車が停まっていた。ヘッドライトの光が、地面に倒れている男の姿を照らしだしている。

「いきなり、いきなり飛び出してきたんだ……」

車から出てきた男が、うろたえながら訴えている。

「避けられなかった。避けられなかったんだよ」

彼が訴えかけているのは、不動の傍らに立つ南塚にだった。

「南塚さん……」

無藤が呼びかけると、南塚は彼のほうを向いて、

「救急車」

とだけ言った。無藤はすぐにスマホで一一九番通報した。

それから倒れている不動の様子を確認した。まだかすかに息がある。

「不動さん、大丈夫ですか」

声をかけると、うっすらと眼を開けた。

「妹が……」

その口が震えるように動いて、声が洩《も》れた。

「妹が……きてくれた……」

口許《くちもと》が、わずかに笑みを作る。目尻《めじり》から涙がひと滴、伝った。

そして、彼は動かなくなった。

epilogue

晩夏とはいっても、まだ陽は長い。

窓越しに見える庭の薔薇《ばら》は、それぞれの色を競っていた。空に湧き上がる入道雲が白い。

赤尾がテーブルに紅茶のカップを置いた。その右肘《みぎひじ》には包帯が巻かれている。

「傷、大丈夫ですか」

無藤が訊《き》くと、

「問題ありません」

短く答えた。

「南塚様は、もうすぐいらっしゃいます」

一礼して、去っていこうとする。

「あ……あの」

「何でしょうか」

「……いえ、何でもありません」

言い出せなかった。無藤の躊躇《ちゅうちょ》に気づかないのか、あるいは気づかないふりをしているのか、赤尾はそのまま出ていった。

無藤はカップを前にしたまま、動かなかった。昨日まで寛《くつろ》ぐことのできた部屋が、どうにも居心地が悪く感じられ、座っているだけで神経がぴりぴりとざわつく。それというのも――。

「僕が怖いか」

突然の声に、無藤は飛び上がった。

目の前に、北小路が座っている。

「あ……」

「正直に言えばいい。僕が怖いか」

初めて会ったときと何も変わらない。なのにその存在は、まったく違うものになっている。無藤は言葉を失っていた。

「前に浩平と組まされた若いのも、そうだった。たしか富山とかいう名前だったたな」

「富山……」

不動が話していた、辞めたという刑事のことだ。

「悪い人間じゃなかったが、僕には耐えられなかったらしい」

「あの……北小路さんは、いわゆる、その……」

「いわゆる幽霊ってやつだ」

北小路は言った。

「まったく、いまだに自分でも信じられない話だよ。僕が幽霊だなんて」

「ってことは、亡くなったんですか」

「十二年ほど前にな。以来ずっと、こんな状態だ」

「でも、どうして、幽霊なんかに」

「それを僕に訊くな。自分にもわからないことだ。普通の人間は死んだら終わり。何も残らない。あの不動という男だって、そうだったろ」

「そうなんでしょうかね。自分にはよくわからないですが」

「なのに僕は、こうしてこの世に留《とど》まり続けている。その理由は、わからない」

北小路は、溜息《ためいき》をついた。

「生きてるときには、幽霊の存在なんて頭から信じていなかった。魂なんて人間が考えた空想で、心は肉体が滅びれば一緒に消えるものだと信じて疑わなかった。なのに、そんな僕が、その反証となってしまった。まったくもって、喜劇だよ。笑うしかない」

「はあ……」

無藤は頷《うなず》くしかない。

「それで、そのことは皆さん、御存知なんですか。南塚さんとか赤尾さんとか黒沼さんも?」

「もちろん知っている。その上で僕と接してくれているんだ」

と、赤尾が再び姿を見せた。

「やはりこちらでしたか。お紅茶をお持ちしました」

平然とそう言い、北小路の前にティーカップを置いた。

「ありがとう」

北小路は湯気の立つカップを見つめる。

そのとき、無藤は思い出した。彼は料理にも飲み物にも手を付けなかった。いや、付けられないのだ。

「陰膳《かげぜん》だよ」

無藤の気持ちを察したのか、北小路は言った。

「いつもこうして、僕のために供えてくれる。今の僕は食べたり飲んだりすることはできない。ただ香りを感じることはできるんだ」

「……なるほど」

頷いてから、赤尾を見た。彼女も無藤を見ている。

「何か?」

「あ、いや……」

「失礼します」

一礼して、赤尾は出ていった。

「みんな、納得ずくで僕と付き合ってくれている」

北小路は言った。

「でも、君にまでそれを強要するつもりはない。いやならここに来なければいい。ただ、僕のことは他所《よそ》では黙っていてほしい。ここが幽霊屋敷だなんてわかると、いろいろと面倒だからな」

「はあ……」

何と答えたらいいのかわからず、無藤は曖昧《あいまい》に頷いた。

「なんだ、準も来てたのか」

その声に振り向くと、南塚が応接室に入ってくるところだった。

赤い半袖《はんそで》シャツにベージュのクロップドパンツという、例によってラフな格好をしている。くわえている煙草も縒《よ》れていた。

「田野が見つかったって?」

「はい、不動の家に監禁されていました。今朝早く、家宅捜査で発見されました」

「不動の奴、田野を犯人に仕立て上げるつもりだったのかな」

「らしいですね。田野の話だと、小坂さんのことで話があると呼び出されて、銃で脅されて家に連れ込まれたそうです。田野と面識のあった警察関係者って、彼のことだったようです。で、縛り上げられて納戸に放り込まれていたわけです。不動さん……不動が生きていたら、今頃すべての罪を背負って遺体になっていたでしょうね」

「悪辣《あくらつ》な奴だ。でも、死んだのは惜しかったな。いろいろ訊きたいことはあったのに」

「そうですね。動機についても、まだよくわからないですし」

「あれ？　それなら本人の口から聞いたじゃないか」

「あんな曖昧で意味不明なことじゃないです。もっと具体的な――」

「具体的なことは、本人たちにもよくわからなかったんじゃないかな」

北小路が言った。

「昨日、不動という男を見ていて思った。彼には明確な意志だけがあって、その意志の源となるものは存在していなかった。もし今でも生きていたとして、動機を具体的に説明しろと追及されても、恐らく彼にはできなかったのではないかな」

「そんな。動機なしにあんなことを？」

「動機はある。しかしそれを僕たちに理解できるような形に解析することはできない。そういう意味だ」

「それは、俺も同意するな」

南塚が頷く。

「不動も菅沼も、自分の意思で動いているように見えて、じつは動かされていたような気がする」

「動かされた？　誰にですか」

「わからんよ」

南塚はあっさりと言った。

「この事件、きれいさっぱり片づいたとは言えんのかもしれん。何か別のものがあるのかもな」

「別の……」

無藤はその言葉を反芻《はんすう》する。そして、言うべきことがあったことを思い出した。

「そうだ。ひとつ気になることがあるんですが」

「何だ？」

「不動は妹のことを話してましたよね。妹が菅沼のしようとしていたことを教えてくれたとか。それ以外にも事あるごとに妹がどうとか」

「ああ、言ってたな」

「でも、彼には妹なんていないんですよ」

「何だって？」

「調べてすぐにわかりました。不動はひとりっ子です。兄弟姉妹はいません」

「じゃあ、妹というのは誰のことなんだ?」

「わかりません」

その場に沈黙が流れた。

「……菅沼の同僚、茂木だったかな。彼が菅沼には紗緒さんとは別に女がいたかもしれないと言っていたと記憶するが」

北小路が口を開く。

「でも、そんな女の存在は見つかりませんでしたよ」

無藤が言うと、

「不動と同じだ。謎の女の存在がちらついている」

「まさか、それが同一人物だと?」

「速断はできない。だが、気になる」

「俺も、気になることがある」

南塚が言った。

「昨夜、俺は逃げ出したあいつを追って外に出た。あいつは少し先を走っていた。だが、あの十字路で急に立ち止まったんだ。そして方向を変えてまた走り出し、車に撥《は》ねられた」

彼がくわえた煙草の煙が、ゆっくりと立ち昇っていく。

「俺はあいつが撥ねられる瞬間を見た。あいつが道路に飛び出すところをだ。走っていこうとした先に、誰かいた」

「誰か？」

「ああ、一瞬だからはっきりとは見てないが、女のようだった。不動は、その女に向かって両手を挙げ、駆け寄ろうとしたんだ」

「でも、自分が現場に着いたときには、そんな女性はいませんでしたよ」

「ああ、いなかったな。俺もあいつの事故に気を取られている間に見失った。無藤、あそこで不動が最後に言った言葉を覚えてるか」

「はい。たしか……」

「『妹が、きてくれた』」

南塚の言葉は、無藤の神経に冷たい一撃を与えた。

「あの場に、不動の〝妹〟がいたと？」

北小路の問いかけに、南塚は首を振る。

「わからんよ。俺にはさっぱりだ。もしかしたら……」

「もしかしたら？」

「この事件、まだ終わっていないのかもしれん」

「続編があるのか」

「よりスケールアップして近日公開、かもな」

そう言って、南塚は笑った。彼には珍しく、気弱に見える笑みだった。

北小路は少し考えるような表情を見せてから、彼に言った。

「そのときは、そのときだ」

「……そうだな。そのときは、そのときだ」

南塚は、もう一度笑った。その笑みには、先程の気弱さはなかった。

仲がいいのだな、と無藤は思う。南塚と北小路、このふたりはいいコンビだ。たとえ一方が命のない者であっても。

自分の北小路に対する屈託というか恐怖が若干薄れてきていることに気づいた。もちろん、きれいさっぱり忘れられたわけではないが。

「しかし腹が減ったな。そろそろ飯じゃないか」

南塚のその言葉を待っていたかのように、黒沼が現れた。

「ご夕食の準備が整いました。食堂にお出《い》でください」

「おお、タイミングぴったりだ」

南塚は立ち上がる。

「さあ、飯だ飯」

「無藤様も、どうぞ」

「あ、どうも」

黒沼に促され、無藤は席を立った。

そのとき、北小路と眼が合った。思わず、彼は言った。

「あの、これからもちょくちょく、こちらにお邪魔してもいいですか」

北小路はその申し出に、柔らかい笑みで答えた。

「歓迎するよ」

人差し指を目の前に立てて、

「じゃあ、僕は先に行く」

そう言うと、その場から消えてみせた。

一瞬の驚きの後、無藤も笑みを浮かべた。

「おい無藤、行くぞ」

南塚に声をかけられる。

「あ、はい」

無藤は食堂に向かって歩きだした。

本書は書き下ろしです。
この作品はフィクションです。実在の人物、団体等とは一切関係ありません。

目白台《めじろだい》サイドキック

女神《めがみ》の手《て》は白《しろ》い

太田忠司《おおたただし》

角川文庫 17967

平成二十五年五月二十五日　初版発行

発行者―井上伸一郎

発行所―株式会社角川書店

東京都千代田区富士見二―十三―三

電話・編集（〇三）三二三八―八五五五

〒一〇二―八〇七八

発売元―株式会社角川グループホールディングス

東京都千代田区富士見二―十三―三

電話・営業（〇三）三二三八―八五二一

〒一〇二―八一七七

http://www.kadokawa.co.jp

印刷所―旭印刷　製本所―BBC

装幀者―杉浦康平

お 62-3　ISBN978-4-04-100840-9　C0193

角川文庫発刊に際して

角川源義

第二次世界大戦の敗北は、軍事力の敗北であった以上に、私たちの若い文化力の敗退であった。私たちの文化が戦争に対して如何に無力であり、単なるあだ花に過ぎなかったかを、私たちは身を以て体験し痛感した。西洋近代文化の摂取にとって、明治以後八十年の歳月は決して短かすぎたとは言えない。にもかかわらず、近代文化の伝統を確立し、自由な批判と柔軟な良識に富む文化層として自らを形成することに私たちは失敗して来た。そしてこれは、各層への文化の普及滲透を任務とする出版人の責任でもあった。

一九四五年以来、私たちは再び振出しに戻り、第一歩から踏み出すことを余儀なくされた。これは大きな不幸ではあるが、反面、これまでの混沌・未熟・歪曲の中にあった我が国の文化に秩序と確たる基礎を齎らすためには絶好の機会でもある。角川書店は、このような祖国の文化的危機にあたり、微力をも顧みず再建の礎石たるべき抱負と決意とをもって出発したが、ここに創立以来の念願を果すべく角川文庫を発刊する。これまで刊行されたあらゆる全集叢書文庫類の長所と短所とを検討し、古今東西の不朽の典籍を、良心的編集のもとに、廉価に、そして書架にふさわしい美本として、多くのひとびとに提供しようとする。しかし私たちは徒らに百科全書的な知識のジレッタントを作ることを目的とせず、あくまで祖国の文化に秩序と再建への道を示し、この文庫を角川書店の栄ある事業として、今後永久に継続発展せしめ、学芸と教養との殿堂として大成せんことを期したい。多くの読書子の愛情ある忠言と支持とによって、この希望と抱負とを完遂せしめられんことを願う。

一九四九年五月三日